KB271779

원생 新무협 판타지 소설

FANTASTIC ORIENTAL HEROES

낭왕 귀도 1

원생 新무협 판타지 소설

초판 1쇄 찍은 날 § 2012년 12월 26일
초판 1쇄 펴낸 날 § 2013년 1월 2일

지은이 § 원생
펴낸이 § 서경석

편집부장 § 권태완
편집책임 § 박가연
편집 § 박우진

펴낸곳 § 도서출판 청어람
등록번호 § 제1081-1-89호
등록일자 § 1999. 5. 31
어람번호 § 제2-2291호

주소 § 경기도 부천시 원미구 심곡2동 163-2 서경B/D 3F (우) 420-822
전화 § 032-656-4452 팩스 § 032-656-4453
http://www.chungeoram.com
E-mail § chungeorambook@daum.net

ⓒ 원생, 2013

ISBN 978-89-251-3124-5 04810
ISBN 978-89-251-3123-8 (세트)

※ 파본은 구입하신 서점에서 교환하여 드립니다.
※ 저자와 협의하여 인지를 붙이지 않습니다.
※ 이 책은 도서출판 청어람과 저작자의 계약에 의해 출판된 것이므로,
　무단 전재 및 유포 · 공유를 금합니다.

狼王歸道

낭왕
귀도

1

원생 新무협 판타지 소설
FANTASTIC ORIENTAL HEROES

도서출판 청어람

浪平勇

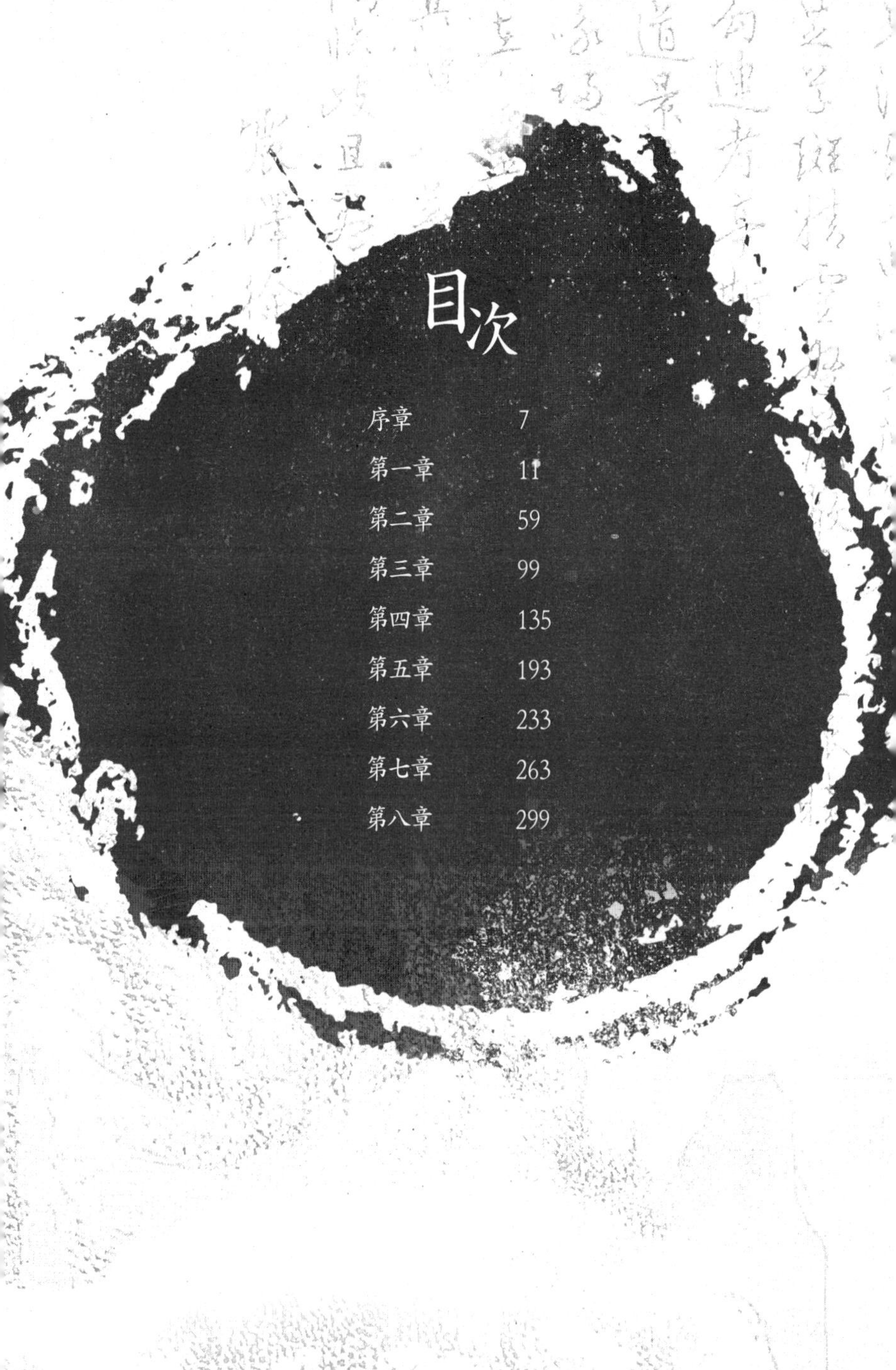

目次

序章

―새로운 시작―

전화(戰禍)는 눈이 없어 사람을 가리지 않았다.

시(屍)가 산(山)이 되고 혈(血)이 해(海)가 되는 전란의 틈바구니에서 부모를 잃고 떠도는 어린 소년과 그의 동생을 거둬준 것은 이름 모를 낯선 노인이었다.

회색빛 성긴 머리에 작고 비쩍 마른 몸, 몇 개 남지 않은 이 사이로 우물대며 말하던 노인은 말보다는 몸으로 행하는 것이 익숙한 이였다.

잔주름이 자글자글한 검은 얼굴 위로 노인은 순박한 웃음을 지으며, 전란에 생(生)을 잃어가던 어린아이들에게 거칠고 투박하나 속에 온기가 가득한 손을 내밀었다.

난리를 피해 남으로 정처 없는 길을 내려갔다.

때로는 구걸을 하기도 했고, 때로는 산의 초근목피를 가려 죽을 쑤기도 하면서 노인과 형제는 그들의 험로를 이어갔다.

노숙(露宿)이 일상이라 아직 어린 형제에겐 힘든 여정이었다. 불안한 현실과 불안정한 잠자리. 하지만 누군가 자신들을 돌보아준다는 심리적 안정이 있었기에 그 불쌍한 형제는 피곤하고 지친 육신을 다스릴 수 있었다.

노인은 자상했다. 다정하고 다감했다.

그리고 지난 삶이 어땠는지 떠도는 생활에 익숙했다.

비록 늙고 약해 힘쓰는 일은 잘 하지 못했지만, 사물에 대한 식견과 지식은 범인의 그것을 뛰어넘고도 남음이 있었다.

그랬기에 어린 형제들은 그 길고 험난했던 피란길을 다행히 큰 탈 없이 따를 수 있었다.

일 년여의 여정 동안 형제는 이 무명의 노인에게서 살기 위한, 살아남기 위해 필요한 많은 소중한 지식들을 배울 수가 있었다.

먹을 수 있는 열매나 풀, 잠자리로 좋은 장소와 그렇지 못한 곳, 급한 대로 구해 먹을 수 있는 작은 벌레와 독충들.

물을 찾는 법, 지형을 읽는 법, 방향을 확인하는 법 등, 하

루하루의 생존을 위한 시간들이 형제에게는 또 다른 학습의
장이 되었다.

　힘들었으나 신기한 나날이었다.
　아직 어렸기에 하나를 배우고 하나를 깨치고 하나를 얻어
가며 형제는 그 안에서 작은 재미를 느꼈고, 그래서 여정은
힘들었지만 때론 형제의 놀이의 장이 되기도 했다.
　깨우치는 만큼 형제는 노인의 일거리를 하나씩 대신해 갔
다. 배운 바를 행동으로 옮겨가며 그렇게 두 형제는 느리지만
조금씩 자라고 있었다.

　시간이 흘렀고, 길은 이어졌다.
　그리고 부는 바람이 따스해지고 주변 풍광이 우거진 나무
와 풀로 무성해질 무렵, 노인과 형제는 마침내 작은 어촌, 한
적한 바닷가에 자리를 잡을 수 있었다.

第一章

멧돼지는 큰 덩치만큼 길고 강한 이빨을 가졌다.

큰아이의 비명은 애절하고 절실했지만 그것이 멧돼지가 노인을 들이받는 것을 막을 수는 없었다.

노인은 쓰러졌고, 그가 흘리는 피는 작은 텃밭을 물들여 갔다.

노인은 한 달을 누워 앓았다.

변변한 의원도 없는 곳이라 형제는 자신들이 노인에게서 배운 바대로 노인을 간병했다.

약초를 뜯어 지혈과 보혈에 썼지만 차도가 있어 보이진 않았다. 상처가 덧나고 혼미한 정신은 돌아올 기미가 보이지 않았다.

죽음으로 인한 이별은 부모로도 충분히 족했기에 형제의 마음은 어둡고 무거웠다.

노인을 위해 더 할 수 있는 것이 없었기에 그들은 가슴이 아팠다.

피가 마르는 시간이 흘러갔다.

노인이 어느 정도 상세를 회복한 것은 그로부터 다시 십여 일이 지난 시점이었다.

바짝 마른 입술, 갈라진 목소리로 물을 찾는 노인을 형제는 눈물 가득한 목소리로 화답해 주었다.

삼 년을 돌보아주던 사람이다. 자신들이 자라는 만큼 쇠(衰)하여 가던 사람이다.

친 혈육은 아니나 어찌 혈육보다 못할까. 형은 노인의 손을 꼭 잡았고, 동생은 눈물을 훔치며 물을 뜨러 밖으로 뛰었다.

"괜찮아요?"

형이 할 말은 그것뿐이었다.

"괜찮아요?"

고개를 끄덕이는 것을 보고 싶었다. 거칠지만 따뜻한 손으로 자신의 머리를 쓰다듬어 주기를 바랐다.

노인은 고개를 끄덕이지도 손을 들어 자신을 쓰다듬어 주

지도 못했다. 하지만 잔주름 가득한 입가로 잔잔히 미소를 띠
어주었다.

됐다. 그것으로 족했다.

그것이면, 충분한 것이었다.

형제는 번갈아가며 지극 정성으로 노인을 돌보았다. 딱히
해줄 건 없었으나 둘은 노인의 곁을 지키고 또 지켰다.

끊어졌던 곡기(穀氣)가 이어지고, 눈에 생기가 어릴 무렵,
노인은 자리에서 일어섰다.

휘청거리는 다리였으나, 노인은 끝내 홀로 섰다.

"할아버지."

형제는 안겼고, 검고 주름진 노인의 얼굴엔 미소가 어렸다.

시간이 흘러 계절이 바뀔 무렵, 집 밖으로 거동이 가능해진
노인이 어느 날 진중한 목소리로 형제를 불렀다.

핼쑥한 얼굴에 기운 없는 모습이나 눈빛은 예전과 달랐다.

부드럽던 눈가엔 강한 기운이 어려 있었고, 입은 굳게 다물
려 미소 짓던 모습이 아니었다.

낯선 얼굴, 형제는 노인의 말을 기다렸다.

"잘 보아야 한다."

의아해하는 형제를 두고 노인은 천천히 몸을 세워 춤을 추
기 시작했다.

기운이 없음인지 형제가 찬찬히 바라보길 바람인지 노인의 몸짓은 느리고 또 느렸다.

느닷없는 노인의 행동에 형제는 당황도 되었지만 둘은 노인을 막지 않았다.

춤은 끊어질 듯 이어지며 반 시진을 넘어갔다.

노인의 이마에 송골송골 땀이 맺혔고, 힘에 부친 듯 노인의 입이 벌어지며 호흡이 거칠었다.

형제가 더는 안 되겠던지 노인을 막으려 그에게 다가서자 노인은 엄한 눈빛으로 고개를 저으며 그들을 제지했다.

춤은 끝없이 이어졌다.

느린 듯 유장하며, 약한 듯 기세가 오르던 춤은 일그러진 노인의 얼굴처럼 힘들게 형제에게 다가갔다.

영문을 모른 채 그저 막연히 노인의 몸짓을 바라보던 형제가 어느 순간 노인의 몸짓에서 익숙함을 느꼈다.

그리고 그 익숙함이 노인의 반복에서 오는 것임을 느꼈을 때, 그들은 조금씩 노인의 춤을 따라 하기 시작했다.

서툰 손짓과 발짓이나 형제는 곁눈질을 해가며 노인의 동작을 따랐다.

쉽진 않았고 가끔 그들이 따라 하기 힘든 몸동작도 나왔지만 그럭저럭 흉내는 내고 있었다.

춤을 추는 노인은 딴사람처럼 보였다.

작고 어린 저 몸에서 나오는 화려함과 유장함, 그리고 그 동작을 뒤받쳐 줄 수 있는 유연함은 어린 형제들이 따라가기 힘든 것이었다.

기운이 다한 듯 노인의 춤이 점차 느려졌다.

그에 맞추어 형제의 춤은 점차 그 몸짓에 형(形)과 틀을 갖추어갔다.

한참이 지나 노인과 형제의 몸짓에 조화가 이루어지고 형제가 자연스레 노인의 춤을 따라갈 때, 노인은 미소를 지으며 춤을 멈추었다.

"잘했다."

노인이 고개를 끄덕이며 비로소 입을 열었다.

만족스러운 웃음. 그의 의도는 몰랐지만 노인의 웃음이 너무도 자상하여 형제는 괜히 기분이 좋았다.

그러나 쓰러질 듯 휘청거리는 노인의 모습에 형제는 그 따스한 여운을 길게 느낄 겨를이 없었다.

기진한 노인을 다시 자리에 눕힌 뒤 형제는 지금의 상황에 대한 서로의 생각을 나누었다.

'춤이라……. 지금 이러한 순간에 뜬금없이 춤이라…….'

노인은 정신이 온전치 못한 것이 아니었기에 형제는 그의 의중을 알아야 했다.

그러나 대답해 줄 수 있는 노인은 이미 잠이 들었고, 형제는 따로 결론을 내릴 수 없었다.

노인의 춤은 이튿날도 계속되었다.

건강을 염려했기에 형제는 말리고 싶었지만 노인의 굳은 눈빛은 그런 형제의 마음을 드러내지 못하게 했다.

어제처럼 느린 춤이 시작되었고, 형제는 춤을 따라 했다.

이미 하룻밤이 지났고, 본시 춤에 대해 문외한이었기에 형제는 처음 노인의 몸짓을 따라 하는 데 애를 먹었다.

단순한 듯 쉬워 보였지만 작고 섬세한 움직임이 생각보다 많아 두 형제는 땀을 흘리며 따라 하기에 바빴다.

그러나 춤의 시작과 끝을 느끼고 다시 그것이 반복됨을 느꼈을 때 형제의 몸짓은 조금씩 나아지고 있었다.

전날처럼 노인과 형제의 춤이 조화를 이루기 시작하자 노인은 가뿐 호흡을 내쉬며 춤을 멈추었다.

"잘했구나."

예의 그 따스한 한마디 칭찬에 쑥스러운 듯 머리를 긁적이는 형제를 남겨두고 노인은 다시 방으로 들었다.

춤은 며칠 동안 반복되었다.

그동안 형제는 노인을 걱정해 몇 번을 만류했지만 노인은 요지부동이었다.

결국 형제는 노인의 의중이 춤을 익히는 것에 있다 여기고 따로 연습을 하기 시작했다.

서로가 서로를 보며 자신들의 기억을 바탕으로 자세를 교정했고, 이삼 일이 지나 충분히 만족할 만한 움직임이 되었을 때 그들은 노인과 움직임의 궤를 같이할 수 있었다.

아침, 노인은 여느 날과 마찬가지로 춤을 추기 시작했다.

조화를 이루어 움직임이 일어나면 노인이 춤을 멈추고 자리에 드는 것을 알았기에, 형제는 노인의 몸짓에 자신들의 움직임을 맞추어갔다.

노인의 춤과 자신들의 춤이 처음부터 조화를 이루자 형제는 드디어 그 끝이 보이는 듯해서 기뻤다.

그러나 아니었다.

분명 같은 춤이었으나 달랐다.

형제가 자신의 동작을 맞추어오자 노인이 자세에 미묘한 변화를 주었던 것이다.

발끝에서 손끝까지 큰 동작은 그대로였으나 미세하게 작은 변화가 노인의 몸짓에 더해졌다.

더 작고 섬세한 동작, 한 번의 손을 뻗음에 일어나는 변화가 전과는 다르게 부쩍 늘어났다.

형제는 당황했다. 노인이 일으킨 변화는 그들이 단숨에 따라 하기엔 너무도 복잡했다.

'아이참.'

형제는 당황했고, 노인은 너털웃음을 터뜨렸다.

일상의 변화는 없었다.

노인은 여전히 춤을 추고 형제는 그 춤을 따라 하기에 급급했다.

하루를 익히면 다른 변화가 일었고, 그 변화를 며칠을 연습해 따라잡으면 또 다른 변화가 생겼다.

노인이 지쳐 가는 만큼 형제도 지쳐 갔다.

그러나 노인이 멈추지 않는 한 끝나지 않을 일이었다.

노인의 건강은 날로 악화되어 갔다.

예전엔 그래도 몇 번은 반복해서 춤을 추던 노인은 이제 한 번도 채 다 추기 전에 숨을 고르며 쉬어야 했고, 쉬는 시간은 날이 갈수록 더 길어졌다.

노인이 쉬는 시간이 길어지는 만큼 형제의 춤사위는 역으로 발전을 거듭했다.

세심한 부분에서 정교함이 떨어지기는 했으나 형제는 노인의 몸짓을 거의 완벽하게 따라가고 있었다.

살기 위한 최소한의 일만 하면서 그들 형제는 모든 일과를 노인의 춤을 연습하는 데 바쳤다.

검던 노인의 얼굴이 완전히 짙은 흑색으로 바뀌고 내뱉는 기침에서 피가 배어 나올 무렵, 마침내 노인은 만족한 웃음으로 춤추기를 멈추었다.

“잘…… 했다.”

가쁘게 겨우 새어 나오는 말, 힘겹게 이어지던 그 말을 끝으로 노인은 더 이상 춤을 추지 않았다.

분명 기쁘게 받아들여야 할 칭찬이다.

그러나 두 형제는 전혀 기쁘지 않았다.

노인은 흡족히 웃는데, 형제는 얼굴에 그늘이 졌다.

“얼른 들어가요.”

춤을 이루었다는 성취감은 남의 얘기.

걱정, 안쓰러움, 불안.

형제는 바삐 노인을 안으로 모셨다.

*   *   *

푹 꺼진 눈자위가 안쓰럽다.

살이 없어 바짝 마른 얼굴엔 생기라고는 찾아볼 수 없었다.

자리에 누워 가쁜 호흡으로 연명하는 것도 벌써 며칠째, 노인은 미음은 고사하고 물 한 모금조차 넘기지 못했다.

노인이 깡마른 손을 들어 형제를 불렀다.

바짝 다가앉은 형제에게 노인은 춤을 원했다.

만약을 대비해 형이 자리를 지켰고, 동생이 바깥에 섰다.

동생이 춤사위를 시작하자 노인이 고개를 가로저었다. 그

러고는 방 안 한구석에 놓여 있는 작은 나무 막대를 손으로
가리켰다.

　나무 막대를 보며 동생을 향하는 노인의 눈빛에 형이 동생
에게 막대를 건넸다.

　어쩔 줄을 몰라 하는 동생에게 노인은 눈짓으로 춤을 재촉
했다.

　막대를 쥐고 추는 춤. 동생은 손에 들린 막대가 어색했으나
노인의 부탁을 무시하진 않았다.

　손이 오르고 발이 앞으로 향하며 춤이 시작되었다.

　손에 처음 쥐어보는 막대에 어색해하던 동생은 춤이 차차
진행되어 가면서 자세가 안정되어 갔다.

　한 번을 추고 두 번째에 접어들면서 동생의 춤은 막대가 없
이 추던 때와 별 다르지 않게 부드럽고 조화로운 몸짓을 드러
냈다.

　추면서 느껴지는 것이 있었던지 세 번째에 접어들 때쯤엔
동생이 쥔 막대 끝에서 미묘한 변화가 일기 시작했다.

　원래 손으로 표현되어야 할 변화가 막대의 끝에서 일어나
고 있었다.

　짧은 손으로도 복잡했던 변화는 손보다 긴 막대의 끝에서
일어나자 허공에 어지러운 잔상을 남기며 화려한 모습으로
드러났다.

“아!”

형의 입에서 낮은 탄성이 터졌다.

자신도 알고 있는 춤이다.

그러나 지금 동생의 몸에서 발현되는 그것은 자신이 알고 있는 춤이 아니었다.

느리나 화사하게 피어나는 막대기 끝의 변화는 이미 춤을 떠난 것이었다.

노인도 그 모습을 보았던 것인지 형이 고개 돌려 바라본 노인의 입가엔 흐릿한 미소가 어려 있었다.

“저 느림이… 빠름으로 이어질 때… 너희 두 형제의 한목숨… 지킬 수… 있을…….”

쥐어짜듯 힘겹게 노인의 말이 이어졌다.

그리고 동생의 춤 아닌 춤이 마무리가 되었을 때, 노인은 가만히 숨을 거두었다.

남은 미련도 후회도 없는 듯 노인의 입가엔 미소가 여전했다.

멀리 바다가 보이는 낮은 산 중턱, 남광(南光)의 따스한 볕이 잘 드는 곳에 노인을 묻었다.

나무를 잘라 비(碑)를 대신하고 두 형제의 마음을 담아 묘비명을 적었다.

감사함과 그리움이 볼을 타고 흘렀다.

날리는 지전(紙錢)이 바람을 받아 멀리멀리 날았다.

＊　　　＊　　　＊

무공을 배워본 적이 없기 때문에 형제는 자신들이 배운 것이 검법인지 도법인지 알지 못했다.

다만 동생이 보여준 동작과 노인의 마지막 말에서 그것이 평범한 춤이 아니라 몸을 지킬 무공임을 깨달았을 뿐이다.

두 형제는 시간이 나는 대로 동작을 수련했다.

깊이도 폭도 없었지만 그간 해온 대로 동작을 반복하는 것이다.

천천히, 그러나 한순간의 변화도 놓치지 않고 정확히 몸이 기억하는 대로 동작을 이어갔다.

손에 막대를 들고 동작을 따라 하는 것이 쉽게 행해지는 것은 아니었지만 반복해서 행하는 중에 얻어지는 것이 있었다.

성취는 동생이 빨랐다.

처음 행할 때 노인을 생각하는 마음 때문이었던지 훌륭한 동작을 보였던 동생은 이후로도 늘어가는 것이 형이 보기에도 확연히 달랐다.

다만 욕심을 부려 동작의 속도를 빨리하면 곧 손이 엉키고 발이 엉켜 제대로 된 흐름을 이어가지 못하는 것이 난관이라면 난관이었다.

형은 동생보다 상황이 좋지 못했다.

분명 맨손으로 움직일 땐 그 흐름을 따라가는데 손에 막대가 쥐어지면 그 막대를 제어하지 못하기 일쑤였다.

원하는 대로 움직이지 않는 손에 마음만 급해 막대를 바닥에 팽개치는 일도 빈번했다.

"아무래도 아닌가 보다."

다시 한 번 막대를 놓친 형이 고개를 저으며 바닥에 주저앉았다.

손의 움직임을 막대에 전할 수가 없다.

막대를 꽉 쥐면 무뎌져 변화를 따라갈 수가 없었고, 살짝 쥐어 움직이면 손에서 막대가 새어나갔다.

무엇보다 막대의 길이에서 오는 탄력이 형을 어렵게 만들었다.

서너 자 길이의 막대가 형은 그리 길어 보일 수가 없었다.

자신의 손끝과 막대의 끝이 보이지 않는 아득한 거리를 두고 있는 듯만 싶었다.

맨손으로는 어지간한 변화를 따라간다.

그러나 손에 막대가 쥐어진 순간 변화는 사라지고 짜증만 남았다.

"휴."

어려웠다.

계절이 바뀌고, 다시 새로운 해를 맞고, 추위가 지나고 더위가 오길 몇 번, 어리던 형제는 어느새 자라 청년이 되었다.

전란이 끝났다는 소식이 들려왔지만 외진 어촌에 그 소식이 미치는 영향은 있을 것이 없었다.

형제는 여전히 하루를 살고 있었고, 몸을 수련하고 있었다.

동생은 나무를 잘라 칼을 만들었다.

투박한 모습이나 제법 칼의 형태를 띤 그것은, 몇 번의 시행착오를 거쳐 자신에 맞는 길이와 무게를 잡아놓은 것이었다.

그 이름을 알 수 없는 무공은 많은 변화를 내포하고 있었다. 그래서 동생은 그 변화를 위해 일반적인 칼보다는 조금 더 가늘고 긴 모양새를 선호했다.

한 손을 들어 작은 호선을 그리면 나무칼의 끝에선 눈으로 쫓아가기 어려울 만큼의 변화가 일었다.

몸의 중심은 작은 원을 그렸지만 손과 그 손에 이어진 칼에선 수많은 잔영과 함께 은은한 예기가 피어올랐다.

─저 느림이…… 빠름으로 이어질 때…… 너희 두 형제의 한목숨…… 지킬 수…….

아직 만족할 만한 빠름은 아니나 동생이 그려 보이는 저 칼의 선들은 형이 보기에 결코 예사로운 것이 아니었다.

형은 자신의 손을 보았다.

몇 년이 흘렀건만 형은 여전히 제자리를 답보하고 있었다.

맨손으로 움직이는 것은 자신이 생각하기에도 한계치에 이르렀다 느낄 만큼 빠르고 정확했다.

하지만 형의 손은 여전히 무언가가 쥐어지는 것을 강하게 거부했다.

차라리 맨손으로 끝을 볼까 생각도 해봤다.

그리고 시도도 해보았다. 그러나 번번이 실패만 거듭할 뿐이었다.

서로의 성취를 돕기 위해 형제는 자주 대련을 했다.

사실 정확히 말하자면 형이 동생의 성취를 돕기 위해 더 그를 채근하는 면이 없지 않았다.

같이 막대를 들면 형이 할 수 있는 것이 거의 없어서 대련을 할 때면 형은 늘 손에 두꺼운 천을 감아 동생의 칼을 대했다.

몸이 알고 있는 변화였기에 동생의 화려하면서도 날카로운 변화를 모르는 바는 아니었지만 동생의 칼은 알고도 못 막음이 있었다.

손은 칼이 아니어서 변화는 이끌어낼 수 있을지 모르지만
칼의 역할을 손이 할 수는 없는 것이었다.

형은 그럴 때마다 느꼈다.

자신들이 익히고 있는 것은 결코 손으로 표출될 수 없다는
것을.

*　　*　　*

낚은 고기 몇 마리와 밭에서 캔 채소, 그리고 모처럼 산에
서 챙긴 귀한 약초 얼마를 들고 형은 장을 향했다.

들고 있는 양은 얼마 안 되었지만 흔하지 않은 약초 덕에
제법 돈 몇 푼 챙길 수 있을 터였다.

조그만 시골 장터였지만 인근에 따로 서는 장이 없어서 시
장은 늘 사람들로 붐볐다.

짧은 시간에 들고 간 물건을 다 정리한 형은 두둑한 전낭을
느끼며 기분이 한껏 좋았다.

오랜만에 고기라도 몇 점 구워 먹을 수 있을 듯싶었다.

밤낮으로 무공을 익히느라 힘들 동생을 생각하니 이참에
제대로 몸보신이라도 시켜줄까 싶다.

자신들이 캐는 약초로 몸을 챙기기는 하나 어쩐지 그래봐
야 풀이라는 생각이 은연중에 있어서인지 형은 양손 무겁게

소고기를 들고 가야겠다고 마음먹었다.

땅! 땅!

쇠가 쇠를 두드리는 소리가 들리기 시작했다.

푸줏간으로 가는 모퉁이에 자리한 백씨노인의 대장간 소리였다.

언제나 예사로 지나던 그곳이었는데 이날따라 그 소리가 형의 마음을 끌었다.

나무칼.

생각이 그것에 미친 것이다.

시골 조그만 장이라 무기가 있을 리 만무하건만 형은 대장간으로 발길을 옮겼다.

혹시 주문이라도 할 수 있을까 생각하면서.

대장간에 다가가자 쇠 특유의 냄새와 화로에서 이글거리는 불꽃의 열기가 형의 얼굴로 확 다가왔다.

쭈뼛쭈뼛 주위를 어슬렁거리니 누군가 다가와 말을 걸었다.

"무슨 일이슈?"

오며가며 안면은 있지만 정식으로 인사를 나눈 적은 없기에 백씨노인은 자신의 대장간으로 들어온 형에게 용건을 물었다.

작업을 하는 중이었는지 엷은 상의 위로 땀이 무성했다.

"검 한 자루 주문할 수 있을까요?"

"검?"

형의 물음에 백씨노인이 이채로운 눈빛을 보냈다.

"네, 검이요. 가능…… 하겠습니까?"

"뭐, 안 될 것은 없소만."

말을 하며 백씨는 은근히 형을 아래위로 훑어보았다.

'약초 캐고 고기 낚는 놈이 웬 검?'

분명 장에서 자주 보던 얼굴이다.

본디 바닥이 좁은 곳이라 장에 들르는 어지간한 인물은 대충 어떤 사람인지 알게 되는 곳이 이곳 장터였다.

들기로 저쪽 바닷가에 사는 형제인 걸로 알고 있다.

'낫도 호미도 아니고 검이라…….'

백씨노인은 의아했으나 불가능한 일은 아니었기에 어렵잖게 승낙을 했다.

"비용이 좀 들 텐데?"

농기구와 달라 검을 제대로 만들려면 제법 많은 공이 들었다.

쇠를 다루는 방법 자체도 달라야 했고, 시간도 꽤 많이 걸리는 일이다.

동전 몇 푼에 오가는 물건들과는 시작부터가 달랐다.

“얼마나 들까요?”

형이 조심스레 가격을 물었다.

약초를 팔았다 하나 본디 가진 돈이 많지 않기도 했고, 무엇보다 일상 농기구와는 그 가격이 많이 다를 것임을 문외한인 형도 짐작하는 바가 있었기에 물음은 참으로 조심스러웠다.

백씨노인은 선뜻 대답을 않았다.

재료값과 자신이 들일 시간과 노력에 대한 공임을 더하면 대충 가격은 나왔지만 그것이 다가 아니었다.

‘검이라……’

지금은 비록 작은 마을 장터에서 대장간을 하고는 있지만 소싯적 대처에서 크게 이름 있는 대장간에서 일을 했었다.

하염없이 남 밑에 있을 수 없어 분수에 맞게 자리를 잡다 보니 여기까지 오게 됐지만 장인(匠人)이라는 말에 미련이 없는 것은 아니었다.

‘검을 만들어본 지가……’

마지막이 언젠지 기억도 나지 않는다.

분명한 것은 지금보다는 더 젊고 열정이 있었을 때라는 것이다.

백씨노인은 형을 다시 한 번 흘겨보았다.

행색이 정상적인 값을 부르면 포기하고 갈 것만 같다.

돈도 돈이지만 다시 한 번 예전의 젊은 날을 느끼고 싶었다.

"은자 한 냥."

한참을 고민하던 백씨노인이 가격을 불렀다.

비싼 것은 아니나 결코 낮은 가격 또한 아니었다.

노인은 싼값에 자신의 과거와 열정을 팔고 싶진 않았다.

집으로 돌아오는 형의 발걸음이 가벼웠다.

검의 가격이 생각보다 조금 비싼 듯도 했으나 감당 못할 정도는 아니었다. 나누어주기로 하니 그럭저럭 값을 맞출 수 있을 듯했다.

말을 나누는 과정에서 알게 된 백씨노인의 검에 대한 이해는 형으로 하여금 그에 대해 커다란 신뢰를 느끼게 해주었다.

더구나 동생의 기호(嗜好)를 고려해 일반적 검과는 약간 다른 모양과 무게를 주문했는데 백씨노인은 흔쾌히 답을 주었다.

그리고 또 하나의 소득.

형은 자신의 두 손에 들린 두 개의 짐을 보았다. 한 손에 들린 것은 고깃덩어리, 그리고 다른 한 손에 들린 것은 짧은 칼.

날의 길이가 한 자가량 되는 네모난 칼.

짧은 길이에 넓은 면을 가진 그것은 숙수들이 주방에서 사용하는 것과 거의 비슷한 모양이었다.

차이가 있다면 길이가 약간 더 길고 손잡이가 날 가운데 붙어 있다는 정도.

원래 참마도(斬馬刀)로 쓰였던 것인데 날이 부러진 것이라 했다.

녹여 다른 물건을 만들려고 놔두었다는 것을 형이 쇠 값만을 치르고 가져왔다.

칼을 보는 형의 얼굴에 감출 수 없는 웃음이 맺혔다.

'이거라면.'

그래, 이것이라면 가능할지도 모를 일이었다.

＊　　　＊　　　＊

"역시 마음이 문제였나?"

장까지 먼 길을 다녀오느라 피곤할 법도 한데 형은 피곤을 몰랐다. 자신의 생각을 확인하리라는 설렘으로 형은 들떠 있었다.

형이 판단해도 아우의 수법은 뛰어나다.

나무 막대가 그리는 찬연한 선(線)의 향연은 보는 이의 혼을 쏙 빼고도 남음이 있었다.

비록 현재 아우의 성취가 어느 정도나 될지, 저 대처의 무사들과 얼마나 차이가 날지 전혀 짐작할 바는 없었지만, 적어도 그리 호락호락한 단계는 아닐 것이라 생각되었다.

그만큼 동생의 동작은 안정되었고, 자연스러웠으며, 유(柔)함 속에 강(强)이 있었다.

형은 판단했다.

혹시 자신의 미진함이 동생을 따라가려는 그 마음에서 비롯되는 것은 아닌지.

눈을 떠도 보이고, 눈을 감아도 그려지는 그 아름답고도 정확한 선의 놀림에 자신이 현혹되어 있는 것은 아닌지.

동생은 동생이고 자신은 자신이다.

형제라 하더라도 서로가 가진 장단이 있을 터였다.

노인이 이곳을 떠나던 날, 먼저 보인 동생의 몸동작에 자신이 너무 매몰된 것은 아닐까? 꼭 그 동작과 모습만이 옳은 것일까? 형은 고민했다.

대장간에서 마주친 부러진 도는 그래서 형의 마음을 이끌었는지도 몰랐다.

짧기에 어쩌면 자신에게 맞을지도 모른다는.

그리고 이 밤, 형은 자신의 판단이 맞았음에 기뻐했다.

짧은 도는 그 은은한 무게로 자신의 손아귀에서 여의(如意)로 움직였다.

환(幻)과 변(變)에 대한 부담을 떨치자 도는 또 다른 손이 되어 자신의 의중을 따라왔다.

변(變)은 약해졌으나 쾌(快)가 대신 그 자리를 이었다.

가슴속 한가운데를 막고 있던 무언가가 터져 나가는 기분이 들었다.

도를 휘두르고 또 휘둘러도 피곤한 줄 몰랐다. 오히려 손에 무언가를 쥔 이래 처음으로 느껴보는 성취감에 시간이 가는 줄을 몰랐다.

손에 물집이 터져 도병에 연한 핏빛이 어렸을 때는, 멀리 동쪽 바다 위로 별들이 이미 스러지고 있었다. 실로 오묘한 가을날의 밤이었다.

눈을 뜨자 훤한 방이 눈에 들어왔다.

이불을 걷다가 형은 짧은 소리와 함께 인상을 찌푸렸다.

오른손이 아렸다.

손을 들어 올리니 무명천에 감긴 오른손이 보였다.

지난밤의 흔적, 그리고 동생의 흔적.

형은 한참을 자신의 손을 들여다보았다.

생생했다. 지난밤의 일은 현실이었다.

자리를 정돈하고 밖으로 나오자 해가 원래 있어야 할 자리에 없었다. 아침이 아니었다.

'벌써 오후가 다 저물어가는구나.'

정신없이 잠든 모양이다.

동생을 찾으려 두리번거릴 때, 작은 망태를 두른 동생의 모습이 보였다. 텃밭에 나갔다 오는 모양이다.

"깼어?"

동생이 씩 웃는다. 뭔지 모르겠지만 좀 의뭉스럽다.

"응, 밭에 갔다 오냐?"

동생이 고개를 끄덕거리며 망태를 제자리에 갖다 두었다.

"쉬엄쉬엄해라. 몸 버릴라."

옷을 털며 동생이 잔소리 아닌 잔소리를 했다.

두 살 터울. 코 찔찔 흘리며 형을 찾던 놈이 다 컸다고 맞먹으려 든다.

형은 슬쩍 한번 째려주는 것으로 자신이 형임을 내세우고는 부엌으로 들어가 음식 준비를 했다.

지글거리는 소리를 내며 고기가 익어갔다.

핏기만 가시면 먹어도 된다며 둘은 서로 부지런히 손을 놀렸다. 연한 소금맛과 어울려 고기는 입안에서 녹아들었다.

장본(張本)과 장근(張根).

평범한 농민이었던 그들의 부모는 신분만큼 평범한 이름을 그들에게 붙여주었다.

처음 자신들의 이름을 말했을 때, 그래도 장일, 장이가 아닌 것이 어디냐며 웃던 노인이다.

그러면서 자신들을 부를 땐 꼭 이름 대신 별칭을 불렀다.

바람(風)과 구름(雲).

바람처럼 얽매이지 않고 살라고, 구름처럼 자유롭게 살아가라고 노인은 형제를 꼭 그렇게 불러주었다.

그리고 형제도 그런 그의 호칭을 좋아했다.

"먹고 한판 하자."

지난밤의 성취를 확인하고픈 형이 몸이 달았다.

"그 손으로?"

동생이 아서라는 듯 손사래를 쳤다.

"신경 끄고 붙어."

가볍게 웃어주며 형이 주먹을 쥐어 보였다.

"아프다고 울기 없기."

"너나 그러지 마라."

고기 한 근은 역시 적은 양이다. 맛을 느끼나 싶게 그 흔적이 어디로 갔는지 보이지 않았다. 그래도 아쉬움 속에서도 만족을 보이는 동생의 모습에서 형은 뭔가 모를 뿌듯함이 일었다.

"해볼까?"

형이 씨익 웃으며 자리에서 일어섰다.

*　　　　*　　　　*

한계는 분명히 있었다.

무공 공부란 본시 정(精)과 기(氣)와 신(身)이 조화를 이루어야 하는 것.

그러나 형제의 검엔 신은 있으나 기가 빠졌다.

검과 도도 구분 못하던 형제는 들은풍월로 자신들이 익히고 있는 것이 검법임을 알았다.

비록 형은 검을 감당하지 못해 짧은 도법으로 응용해 익히는 중이었지만 이 검법의 근본 오의(奧義)는 다변한 검로(劍路)에 있는 것이었다.

의도.

이 검법을 창안한 자의 의도를 요즘 동생과 형은 어느 정도 볼 줄 알았다.

가르쳐 주는 자가 없어 거의 칠여 년을 스스로 익혀야 했기에 그 성취가 느린 부분이 분명 있었지만, 그렇기 때문에 곱씹어보고 반복하는 과정에서 저 깊이 깔려 있는 근본 검리(劍理)에 대한 이해가 상대적으로 높아진 덕분이다.

느리게 초식을 발현할 때는 그 검리를 따라 검로가 자연스레 운용되어 나왔다.

그러나 내공의 뒷받침이 없는 형제가 검 본연의 위력을 내기 위한 빠름에까지 이르는 것은 현실적으로 불가능했다.

한 초식을 예로 들어 한 번을 뻗음으로 느리게 칠점(七點)을 칠 순 있었지만 시간의 차이가 없는 칠점의 찌르기는 이론일 뿐 실제가 될 수 없는 것이었다.

그럼에도 형제는, 특히 동생은 가진 바 재능이 떨어지지 않았던지 순수한 몸으로 삼점 이상은 점할 수 있었다.

대단한 노력과 능력이라 아니할 수 없었다.

비록 형제이나 외모의 차이가 많이 나는 것처럼 둘의 무의 표출은 분명 차이가 컸다.

동생은 화려하고 섬세한 검로(劍路) 본연의 길을 거의 완벽히 운용하는 편이었고, 형은 선 굵게 일수에 갈라 들어가는 도를 추구하였다.

맞지 않는 옷을 입어 엉성했던 형의 무공은 도를 얻은 그날 이후 비약적으로 발전해 갔다.

분명 익히는 것은 검법이었으나 도법으로의 변환이 자연스럽고 어색하지 않았다.

형의 자질이 우수해서인지 검법에 그러한 가능성을 열어 둔 부분이 있기 때문인지는 몰랐으나 둘은 비슷하면서도 다른 모습으로 자신들의 무를 정립해 나갔다.

형이 부러진 도를 얻고 난 후 둘의 비무는 실제와 가상이 섞였다.

현실적으로 주고받는 합(合) 이외에 끝나고 나누는 논검(論

劍)이 늘 뒤따랐다.

비무에서 이기는 쪽은 언제나 동생이었지만 논검 시 목소리를 높이는 쪽은 오히려 형이었다.

도로 전환한 지 얼마 되지 않아 실제 비무에선 동생이 나은 모습을 보였지만 투로를 보는 눈은 형이 동생보다 나은 부분이 컸다.

"일단 이기고 우겨보지?"

가끔 동생의 비아냥거림이 없진 않았으나 말하는 동생도 반박하는 형도 그 밑의 의도를 서로 알았기에 그것은 작은 투정으로 귀결되곤 했다.

검로를 안다. 검리가 보인다.

그런데 검을 펼칠 수가 없다.

'내공.'

아는데, 어찌 가야 할지를 아는데 줄이 없어 건너지 못하는 길.

그래서 형보단 동생의 내공에 대한 갈증이 더 컸다.

동생의 밤은 때로 형보다 더 길고 어둡곤 했다.

*　　　*　　　*

검은 형이 생각한 것보다 훨씬 더 훌륭한 자태를 지니고 있었다.

섬세한 정성이 들어간 가늘고 긴 검은 하얀 검신을 빛내며 처음 형을 맞이하였다.

검은색 가죽으로 마무리된 검병은 손으로 잡자 아귀에 착 감겨들었다. 동생이 좋아할 적당한 길이와 무게감.

이어 약간 휘청거리듯 탄력 있는 검신이 날렵한 선을 과시하며 날카로운 예기를 풍겼다.

거기에 흐릿한 음각으로 새겨진 바람에 이는 구름 문양까지, 자신이 쓸 검은 아니었건만 형은 그 검에 정신이 매료되었다.

"멋지군요!"

감탄이 절로 나왔다.

훌륭했다. 더할 나위 없이 훌륭했다.

한껏 입을 벌린 채 감탄에 여념이 없는 형을 보며 백씨노인은 오랜만에 큰 보람을 느꼈다.

쉽게 진행된 일은 아니었다.

머리는 기억하고 있었으나, 철을 녹이는 순간부터 담금질을 할 때까지 과정 하나하나가 낯설었다.

그래서 더욱 신경 쓰고 공을 들여야 했다.

밤을 새워야 했고, 뜻대로 되지 않을 땐 과정을 다시 밟아 나가야만 했다.

이런저런 비용을 고려하면 오히려 손해다.

하지만 검이 완성되던 순간, 그 모든 것을 잊었다.

자랑스러웠고, 벅찬 기분이 있었다.

"마음에 드느냐?"

형이 백씨노인을 돌아보며 최고라는 손짓을 보냈다.

노인이 흡족하게 고개를 끄덕였다.

"잘…… 써주길 바란다."

딸을 시집보내는 마음으로 백씨노인이 당부의 말을 했다.

아쉽다. 그리고 뭔가 허전하다.

모처럼 살아 있다는 느낌을 가졌던 지난 얼마간이었는데,
이제 뭐 할까 하는 생각도 든다.

이 순간 노인은 위대한 장인 그대로였다.

집으로 가는 발걸음이 나는 듯했다.

주변의 풍경이 어찌 지나는지 신경이 쓰이지도 않았다.

달리며 웃고, 달리며 중간중간 손에 들린 검을 보았다.

거리가 이렇게나 멀었던가?

형은 마음이 급했다.

산길을 걷고 숲길을 달려,

"윤(雲)아!"

동생이 있는지 없는지도 모르면서 이름부터 외치며 집 모

퉁이를 돌았다.

그러나 마당에서 자신을 맞아주는 이는 동생이 아닌 처음 보는 낯선 사내였다.

검은 죽립에 검은 장삼, 검은 가죽신, 한 손엔 검게 칠한 검을 들고 낯선 사내는 형을 보았다.

"누구…… 십니까?"

검은 수염 위로 짙은 눈빛의 사내가 지그시 형을 바라보았다.

"사람을 찾아왔다. 십여 년쯤 전 이곳으로 왔다던데. 아이 둘과 함께. 아느냐?"

뺨을 가로지르는 흉터가 꿈틀거리는 듯 선명했다.

형은 선뜻 답을 주지 못했다.

"아느냐?"

오뚝한 콧날 위로 눈빛이 빛났다.

겨울이 다가오려는 듯 매서운 찬바람이 모옥 안을 휘돌았다.

*　　*　　*

─먹겠느냐?

　꼬마 아이는 양 무릎 사이에 고개를 숙이고 허기진 배를 달
래고 있었다. 아직은 작고 어린 아이. 어른도 견디기 힘든 허
기를 작은 꼬마 아이가 견딜 수 있을 리 없었다.
　매서운 찬바람에 몸 피할 곳조차 없는 아이에게 세상은 누
구도 관심을 주지 않았다.
　날은 저물고 갈 곳은 없었다.

　―먹겠느냐?

　환청처럼 들리던 목소리.
　풀어진 눈으로 올려다본 곳에 그가 서 있었다.
　작지만 다부진 체격에 검게 그을린 얼굴. 피풍의로 가린 검
은 옷 사이로 검 자루가 보였다.
　투박한 손이 자신을 향해 내밀어졌다. 그리고 손 위에 보이
는 하얀 만두. 낯선 이에 대한 경계로 아이는 사내와 만두를
번갈아 보며 갈등 어린 눈빛을 지었다.
　그러나 며칠 굶은 어린아이에게 만두는 피할 수 없는 유혹
이었다. 달려들 듯 허겁지겁 크게 한입 베어 물자 사내가 웃
으며 아이에게 수통을 건넸다.

　―천천히, 천천히.

게걸스레 먹는 아이를 보며 사내는 어두운 낯빛으로 나직이 탄식을 했다.

그렇게 그는 자신을 거두었다.

험하고 거친 삶을 사는 인생이었지만 속은 누구보다도 따스하고 깊은 사람이었다.

마지막 그날까지도.

사부의 묘는 양지 바른 자리에 잘 모셔져 있었다.

정갈하게 다듬어진 봉분과 봉분 주변은 사부가 아직은 어린 저 청년들에게서 제대로 대접을 받고 있음을 대변하는 듯했다.

흑의사내, 연추(燕追)란 이름의 불청객은 정중히 예를 갖춰 절을 올렸다.

사부의 흔적을 찾아 길을 나선 지 십 년이 넘었다.

전란으로 혼돈스런 세상에 흐려진 사부의 발자취는 그리 쉽게 보이는 것이 아니었다.

어느 날 모든 것을 주고 떠난 사람.

한마디 말도, 인사도 없이 달랑 글 한 장 남기고 홀연히 사라졌던 사부. 늙고 병들었더라도 살아 있기만을 바랐는데.

'사부……'

흑의사내 연추의 얼굴을 타고 한줄기 물기가 흘러내렸다.

─바람처럼 구름처럼 구속되지 않게, 자유롭게 그렇게 살 거라. 그렇게 살아가야 한다.

언젠가 사부가 자신에게 해주었던 말이 떠올랐다.

구속 받지 않는 삶, 자유로운 삶.

어려우나 불가능하지만은 않은 그 삶을 지금 자신은 거의 근접해 살고 있다. 그 또한 사부의 덕일 터.

스산하게 이는 바람에 찬 대지에 누워 있는 사부가 더욱 안 타깝다.

흑의사내는 형제를 보았다. 마른 듯하지만 잘 단련된 몸에 안광이 바르다. 사부가 남기신 인연. 둘을 예사로 볼 순 없었 다.

사부의 묘를 내려와 연추가 가장 먼저 한 일은 두 청년의 수준을 확인하는 것이었다.

기대는 없었다.

사부 돌아가신 지가 꽤 되었다는 것으로 보아 제대로 전수 받은 것은 별로 없을 터였다.

사부가 챙겼고, 사부를 챙긴 녀석들, 정식으로 배례를 올린 것은 아니지만 그래도 세상에 유이(唯二)한 사제들이다. 모른

척 떠나도 무방할 일이나 그냥 지나칠 순 없었다.

본인들은 모르는 눈치이나 명색이 흑라독검(黑羅毒劍)의 제자들이다. 검을 들라 명했다.

검을 들고 있기에 형이 검의 주인인 줄 알았는데 동생이 검을 받았다.

그러더니,

"내 거?"

한다.

검도 없이 하는 검법 수련이라, 기가 찼다.

과연 무엇을 보여줄 수 있을지.

검은 느리고 가벼웠다.

동작은 좋으나 검에 힘이 없었다.

"가벼워!"

들어오는 검을 내치며 한소리 질렀다.

일검이 막히자 다시 들어온다.

역시 가볍다.

변화는 좋으나 역시 힘이 없다.

"가볍다!"

소리를 치며 조금은 실망한 자신을 느꼈다.

몇 번의 합이 오간 뒤 연추는 검을 거두었다. 아니, 거두려 했다.

"이제 조금 알겠어, 형. 이 검 좋은데?"

운이라 했나? 동생 녀석이 검을 좌우로 몇 번 휘둘러 보더니 웃음을 띠었다.

어처구니가 없었다.

연추의 안색이 굳어졌고, 동생이 다시 검을 뺄었다.

일수에 세 점을 점하면서 검이 들어왔다.

익숙한 변화, 검을 들어 같이 세 점을 맞추어주었다.

그런데 일순 세 점을 치고 들어오던 검이 살짝 떨리더니 다섯 점을 노린다.

목검으로는 불가능했을 것이나 진검의 강한 탄력이 그것을 가능하게 했다.

몸에 거의 근접해서 일어나는 변화. 연추가 평범한 고수가 아니었기에 당황하지 않고 검을 막았으나, 손에 전해지는 힘이 조금 전과는 달랐다.

힘도 변화도 달랐다.

검에 익숙해진 것일까, 초보로 보이던 동생 녀석의 검이 사뭇 달라졌다.

연추의 눈이 이채를 띠는 순간, 그의 전신 곳곳을 노리며 검이 미끄러지듯 활개를 쳤다.

아직 요혈을 모르는 듯 검이 노리는 방향은 난잡했지만 중요한 것은 검에 어린 막측한 변화였다.

허와 실이 절묘하게 연결되며 검의 흐린 잔영이 햇빛을 받아 번쩍였다.

놀라운 한 수. 전해지는 느낌으론 내공도 없을 놈인데 순수한 육신의 능력으로 풍운검의 다변한 오의를 펼쳐낸다.

채채채채챙!

연이어 나는 경쾌한 소리와 함께 연추가 운의 검을 막아냈다.

조금도 흔들림이 없는, 그러면서도 정확한 움직임.

동생의 검은 훌륭했으나 연추를 감당할 수준은 당연히 아니었다.

빠르고 영민하게 내뻗어진 검이 동생의 목울대에 정확히 닿았고, 놀란 눈을 한 동생의 얼굴이 연추의 눈에 들어왔다.

그러나 더 놀란 것은 연추였다.

삽시간에 달라진 동생. 그래서일까, 형이 보이는 첫인상은 연추에게 꽤나 실망감을 안겼다.

검을 보자는 말에 머리를 긁적이더니 어디서 반 토막 난 도 한 자루를 들고 온다.

풍운검은 검법이지 도법이 아니다.

'이 녀석은 제대로 배운 것이 아예 없는가?

눈살이 절로 찌푸려졌다.

하지만 그도 잠시, 그의 도는 동생과는 또 다르게 연추를 놀래켰다.

표홀하면서도 기민했던 동생과 달리 형은 우직했다.

동작의 변화도 크치 않았고 날렵하지도 않았다.

하지만 형의 도는 동생과 달리 예리함이 더했다.

한순간 한순간 파고드는 도는 연추의 해이함을 용납하지 않았다.

묵중한 느낌에 쾌의 묘리가 숨어 있다.

도가 움직이는 길은 분명 풍운검의 검초와 닮았건만, 변을 줄이고 중(重)을 키우니 도는 갈수록 가속이 붙어 검과는 또 다른 변의 묘를 살렸다.

'이놈 봐라?

절로 감탄이 나왔다.

분명 현재의 성취로만 본다면 동생의 그것이 단연코 우월하나 기대되는 것은 오히려 형 쪽이다.

검을 수습하고 연추가 형제를 보았다.

"얼마나 배운 것이냐?"

"한 달 정도 됩니다."

"얼마라고?"

"한 달쯤……."

"말도 안 되는 소리!"

연추의 얼굴에 경악이 일었다.

정말 말도 안 되는 소리였다.

풍운검은 그 오의가 깊어 한 달을 사사한 것으로는 흉내를 내는 것도 어렵다.

그런데 저 형제가 보여준 성취는?

'한 달이라.'

사부로부터 검을 전수받은 것이 그 정도라 한다.

기본적인 움직임은 사부가 잡아주셨지만, 이후는 자신들이 스스로 익히고 깨우쳐 왔다 했다.

믿지 못할 자질, 연추는 뜻하지 않은 곳에서 양재를 발견했음을 깨달았다.

＊　　　＊　　　＊

형제가 연추를 대하는 것엔 조심스러움이 있었다.

가없이 높아 보이는 무공도 무공이었지만, 이름조차 가르쳐 주지 않고 떠난 노인, 그를 사부라 칭하며 다가온 이였기에 함부로 대할 수는 더욱 없는 일이었다.

연추는 연추대로 그런 형제의 행동이 싫지 않았다.

한 회(會)의 수장으로서 대우받는 삶을 살아온 그였기에 형제의 대접이 그리 특별할 것은 없었지만, 자신을 길러주고 이끌어준 사부의 연이 닿았으니 없던 정도 생길 모양새였다.

그러나 영원히 함께 머물 수는 없는 것. 자신이 떠돈 목적을 달성했으니 이제는 떠나야 했다.

전란으로 인해 일이 거의 없다시피 했다.

또 지금 회의 일이 자신이 없으면 돌아가지 않을 정도의 상황도 아니었다. 덕분에 사사로이 여유로운 시간을 쓸 수는 있었다.

그러나 자신이 회의 중심임은 분명한 일, 이렇게 사사로이 시간을 쓰는 것도 어느 정도 한계가 있는 것이었다.

그러나 형제는 자신의 발을 묶었고, 하루가 이틀이 되고 사흘이 되고……. 그렇게 시간이 흘러갔다.

형제는 노인의 얘기에 민감했다.

내색하진 않았으나 노인의 얘기를 꺼낼 적이면 안 그런 척 그리운 눈빛을 띠곤 했다.

연추는 고민했다.

보아하니 둘은 이곳 낙촌(落村)에서 나름대로 터전을 잡아 잘살고 있다.

풍족하진 않으나 이 험한 세상, 더러운 풍진에 휩쓸리지 않고 오순도순 살아가는 모습이다.

노인이 알려주어서, 노인이 자신들을 염려했기에 그가 일러준 무공도 익히노라 말했다.

무인이 아닌 아이들, 강호를 겪을 일이 없을 아이들, 이들 형제에게 노인을 말함은 그들을 저 거친 강호로 이끄는 일이 될 것이기에 연추는 입을 다물었다.

비무의 상대가 되어주었다.

오(奧)와 의(義)는 충분했다.

기지와 웅변이 뛰어나 하나를 주면 그 하나 이상을 받아갔다. 가르치는 재미가 있었고, 검을 섞는 재미가 더해졌다.

괄목상대는 군자의 것만은 아니었다.

지나며 볼수록 이들 형제의 자질은 뛰어남을 넘어 무섭기까지 했다.

실로 백 년을 거론할 만한 기재들. 연추는 그가 이 형제에게 더는 줄 것이 없음을 느꼈다.

욕심이 생겼다.

이 형제가 어디까지 통하는지, 어디까지 오를지 궁금했다.

지금 당장은 부족한 부분이 많으나, 그것도 그리 오랜 시간이 걸리진 않을 것이다. 결정은 그들의 몫이었지만, 화제를 던짐은 자신의 몫이었다.

그래서 연추는 갈등했다.

형제의 집에서 머문 지도 어언 두 달이 되어간다.

어제는 회에서 사람을 보내왔다. 전란이 끝나고 세상은 안정되어 갔지만, 사람의 삶이 그리 단순한 것은 아닌 것. 세상은 평화를 찾았지만, 무림이란 세상은 평인들의 세계와는 또 달랐다.

회는 바빠질 것이고, 연추는 자신의 일을 해야 했다.

"떠나십니까?"

연추는 묵묵히 차비를 차렸다.

올 때의 모습처럼 검은색 일변의 복장을 하고 죽립을 쓴 뒤, 마지막으로 검을 들었다.

말을 섞다 보면 눌러앉을 것 같아 연추는 입을 열지 않았다.

냉랭한 기운이 초라한 모옥을 감돌았다.

배웅이라도 하려는지 길을 나서자 형제가 따라왔다.

모른 척 앞만 보며 걸었다.

앞선 사내 하나와 뒤를 따르는 두 명의 청년. 말없는 일행은 제법 긴 길을 그렇게 같이 걸었다.

겨울 바닷가의 찬바람이 옷자락을 나부꼈다.

정이라도 든 것일까, 내딛는 발걸음이 편치 않다.

어디가지 따라오려는 것인지 형제의 걸음엔 그침이 없다.

"여기까지."

마침내 연추가 입을 열었다.

"더는 오지 않아도 된다. 여기까지, 여기까지만 오도록."

아쉬운 표정의 형제가 보였다.

연추는 안다.

무엇이 저 형제를 이렇게 따라오게 하는지. 저들이 자신에게서 무엇을 보고 있는지 연추는 안다.

어찌 모르랴, 저 형제의 마음을. 그 마음 또한 자신의 마음인 것을. 자신 또한 저들에게서 사부를 보고 있는 것을.

그래서 한편으로는 섭섭하기도 했다.

자신은 연추이지 사부가 아니다.

정(情)은 쉬운 것이면서 어려운 것이라 오가지 않을 때는 사이에 철벽을 두른 듯도 하지만, 흘러갈 땐 천 장 높이의 폭포가 내리는 것보다 더 빠르게 흘러간다.

연추는 저들에게서 사부를 보았지만, 또한 저들을 본다.

저들은 자신에게서 사부를 보며 또한 자신을 볼까?

풋정에 가슴 뛸 어린 나이도 아니건만 정이란 그렇게 무서운 것인가 보다.

연추의 말에 형제는 발걸음을 멈추었다.

그러고는 공손히 절을 했다.

한참을 그렇게 고개 숙여 절을 했다.

연추가 가만히 다가가 형제의 몸을 바로 세웠다.

형제와 눈이 마주쳤다. 연추는 자신도 모르게 한마디를 내뱉고야 말았다.

"흑운회(黑雲會)다. 내가 있는 곳은."

뱉으면서도 아차 싶었다.

그러나 한편으로는 속이 시원함은 그동안 속에서 막혀 있던 것이 풀려서일 것.

일단 말문이 터지자 속에 있던 것이 연이어 터져 나왔다.

"그리고 사형이라 불러라. 어찌 됐든 너희를 가르친 것은 사부이시니."

말을 하고 연추는 그대로 몸을 돌려 길을 다시 이었다.

떠나는 연추의 입가에 작은 미소가 걸렸음을 아마 형제는 보지 못했을 것이다.

그리고 연추 또한 형제의 얼굴을 보지 못했으니, 그들의 얼굴에 떠오른 연추와 같은 표정을 또한 모를 터였다.

모옥으로 돌아오자 난 사람의 빈자리가 커 보였다.

연추는 몰랐으나 형제에게 비었던 노인의 자리를 채워준 것이 그였다.

하늘 아래 친인이라곤 노인뿐, 넓은 세상 둘이 살아가던 공간에 그가 잠시나마 들어왔었다.

그 자리는 컸고, 그래서 형제는 침울했다.

둘은 각자의 편한 자리에서 가부좌를 틀고 앉았다.

적기심(積氣心).

연추가 가르쳐 준 내가 공부.

희대의 신공이 아니라서 즉시의 효력을 보는 심공은 아니었지만, 최소한 구결의 운용 중에는 마음의 안정을 가져다주는 효능이 그것엔 있었다.

떠난 노인이 알려주었기에 열심히 검공을 익혔다.

이제 형제는 심공을 익힌다.

그것이 두 형제가 그들을 떠난 이를 그리는 방법임을 정작 당사자들은 모르고 있었다.

바람이 이나, 형제는 고요했다.

파도가 치나, 형제는 잔잔했다.

쓰린 마음도 아쉬운 미련도 지금의 형제에겐 남아 있지 않았다.

세상이 사라지고 형제만이 남았다.

형제가 사라지고 마음만이 남았다.

그 남았던 마음마저 사라지니 모두가 비어 무(無)요, 공(空)이요, 허(虛)였다.

만물의 운행도 내면의 상정(常情)도 저 내리는 눈처럼 어둠 속에 사라져 갔다.

그리고 형제는 다시 틀을 벗었다.

第二章

아탁(兒鐸), 오 년 경력의 이 노련한 점소이는 최대한 공손하면서도 빠른 몸짓으로 객잔으로 들어오는 손님을 자리로 안내했다.

두리번거리며 자리를 따라오는 손님들의 품새가 갓 시골에서 올라온 듯 뭔가 어색함이 있다.

탁자를 닦고 김이 오르는 차를 내놓으며 아탁은 주문을 받기 위해 손님 곁에 섰다.

손님 중 한 명이 긴 검을 보물인 양 소중히 탁자 옆 빈 곳에 내려놓는다.

아탁은 속으로 혀를 찼다.

'쯧쯧.'

시커멓게 탄 얼굴에 꾀죄죄한 복장.

보아하니 어디 촌구석 시골 출신인 듯하다.

아마도 내일부터 이곳 낙양에서 열리는 무림대회 때문에 온 모양인데, 어쭙잖은 사부 밑에서 삼류무공 몇 개를 배웠을 게다. 허파에 잔뜩 들어간 바람으로 구름 위를 걷듯 둥둥 떠서 여기까지 왔겠지.

촌것들. 분수도 모르는 촌것들.

허황된 꿈을 좇아 현실 파악을 못하는 머저리들.

하루에도 몇 놈씩 저런 놈들을 본다.

'그냥 농사나 짓지. 분수도 모르고 검이 웬 말이람.'

아탁은 시골 애들을 싫어했다.

그냥 주는 것 없이 싫었다.

비웃는 아탁의 속마음을 아는지 모르는지 두 청년은 순진한 눈빛으로 아탁을 바라보았다.

소면 두 그릇에 간단한 야채볶음. 두 청년의 주문은 그것이 다였다.

팔지 않는 음식들은 아니나 지금처럼 한창 바쁜 시간에 자리 하나를 차지하고 앉아 시켜 먹을 음식은 아니다.

물정을 모르면 위축이 되거나 허세가 강해지는 법.

대부분 갓 올라온 시골 무사들은 비싼 음식을 시켰다.

기죽지 않기 위해, 혹은 한 푼 두 푼 모은 돈으로 기분을 내기 위해 그들은 현지인들은 잘 하지 않는 짓을 하곤 했다.

'그런데 이놈들은.'

동전 몇 푼짜리 소면에 야채볶음.

'거지도 부끄러워 그렇게 시키진 않겠다.'

욕지기가 올랐으나 오 년차 노련한 점소이는 담담히 음식을 내려놓았다.

"뭐해?"

"뭐하긴."

"왜 덜어?"

"너 더 먹으라고. 모처럼 먹는 제대로 된 음식 아니냐? 힘 쓸 놈은 너니까 많이 먹어라."

"됐어!"

속으로 욕하며 돌아서던 아탁의 귀에 둘의 대화가 들려왔다.

슬쩍 돌아보니 서로 아옹다옹하며 맛있게 소면을 먹고 있다.

'쳇!'

저래서 시골 놈들은 싫었다.

마음이 쓰리다.

—형, 아칠이 내 거 뺏어가.

지난밤 꿈자리 사납게 만들던 고향 가족 얼굴이 떠올랐다.

칠 년 전 모친과 동생들을 남겨두고 아탁은 눈물을 훔치며 집을 나왔다.

앉아 죽을 순 없기에, 그대로 인생을 접을 수는 없었기에 기댈 곳 없는 막연한 세상으로 아탁은 떠나야만 했다.

전란의 틈바구니에서 갖은 고생을 다 했다.

죽을 고비도 몇 번이나 넘겼다.

여기저기 떠돌기가 얼마였나, 그러다 해안으로 밀리는 해초처럼 낙양으로 밀려왔다.

작은 고을과 달리 거대한 대도 낙양은 그 무서운 전란의 와류 속에서도 상시의 생이 유지되고 있었다.

인심은 각박하고 흉흉했지만 창검과 기치가 이곳 낙양을 직접 휩쓸진 않았기에 아탁은 겨우겨우 한목숨 유지하며 하루살이의 삶을 살았다.

촌놈이라 괄시받고, 못 배웠다 천시당하고, 힘없다 무시당했다.

한겨울, 터서 갈라진 손에 입김을 불어가며 잡일을 해야 했다.

한여름, 따가운 뙤약볕 아래 한 줌 그늘도 없는 곳에서 먹고살기 위해 뛰어다녔다.

오 년 전 운 좋게 이곳 점소이로 들어오지 않았다면 온갖 어려움과 구박 속에 길옆에 누운 주검이 되었을지도 몰랐다.

시골 촌놈들, 주제도 모르고 황새를 쫓아가는 뱁새들. 그러나 그들의 손에 박인 굳은살과 그을린 얼굴은 험했던 한 시골 아이의 역경을 떠올리게 했다.

다시 돌아다보니 서로 웃으며 소면을 먹고 있다.

날은 이리도 맑고 화창한데, 아탁의 가슴엔 그늘이 졌다.

만두를 시켰다.

특별히 숙수에게 부탁해 속을 든든히 채웠다.

따뜻한 김이 식감을 돋우는 큰 만두를 아탁은 그들에게 내밀었다.

의아한 표정, 아탁은 말없이 그릇을 탁자 위에 놓았다.

둘의 얼굴에서 고향 동생들의 얼굴이 보인다.

왠지 마음이 편해지는 아탁이었다.

"뭐야!"

"죄송합니다, 죄송합니다."

상대의 소리에 아탁은 본능적으로 허리를 숙여 굽실거렸다.

숙인 머리끝으로 남빛 꽃신이 보였다.

"아이, 재수 없게."

낭랑하고 맑은 목소리. 분명 얼굴도 예쁠 목소리였으나 아탁에겐 전혀 아름답게 들리지 않았다.

일을 하다 보면 자주 있는 일이다.

살짝만 부딪쳐도, 음식이 조금만 튀어도, 대답을 조금만 늦게 해도 저들은 욕부터 한다.

인간 대접 제대로 받지 못하는 하층 인생.

저들에게 자신은 버러지보다 못한 존재라는 것을 잘 안다.

처음엔 힘들었다. 먹고살기 위해서라는 당위를 가슴에 지고 어떻게든 버티려 애썼다. 스스로 사람임을 포기하고 늦은 밤 쓴 술에 속을 달래기도 했다.

발끈했던 혈기도 시간이 지나니 유해졌다.

별것 아닌 일. 바람이 불면 머리가 날리듯 자연스런 일.

그렇게 아탁은 자신의 일에 적응했고, 가슴은 무뎌져 갔다.

그런데 이 순간 아탁은 서러웠다.

마치 동생들 보는 앞에서 망신을 당하는 듯 속이 아렸다.

얼굴이 붉어지고 눈이 매웠다.

객잔 옆 작은 골목에서 아탁은 건물들 틈새로 보이는 하늘을 보았다.

검은 그림자 속을 가늘게 가로지르는 한 줄 푸른 선. 물 먹은 하늘색이 희게 번졌다.

꿈 때문이다. 다 이게 그 꿈 때문이다.

울고 웃던 고향 식솔들. 가고프나 아직은 갈 수 없는 자신의 고향.

주먹을 꽉 쥐고 이를 악물어도 이 심장을 후비는 울컥함은 사라지지 않았다.

잠시를 앉아 있다 기운 없이 일어나는 아탁에게 누군가가 다가왔다. 급히 눈을 훔치고 바라보니 좀 전의 시골 촌놈들이었다.

"감사합니다."

"잘 먹었습니다."

웃는 얼굴로 감사를 표하는 이들. 검게 탄 얼굴 아래로 가지런한 하얀 선이 보였다. 순진한 표정의 바른 사내들.

마음이 이상했다.

정말 이상했다.

감사를 표하고 저 멀리 사라져 가는 시골 촌놈들이 아련히 눈에 밟혔다.

짝!

소리 나게 양손으로 뺨을 쳤다. 크게 심호흡도 했다.

문득 그들이 부러웠다.

아니, 어쩌면 처음부터 저런 이들이 부러웠는지도 모른다.

저들은 꿈이 있다. 저들은 목표가 있다.

살기 위해 발버둥치는 것은 같을 것이나 허황되다 욕한다 해도 저들의 눈에선 빛이 난다.

'난?'

신령에 홀린 듯 감정 기복이 심했던 하루. 잊지 못할 하루였고, 잊지 못할 손님들이었다.

—정말이라니까. 낭왕이 나에게 고맙다며 고개 숙여 인사했다니까. 하 참, 못 믿어? 못 믿어?

먼 훗날, 낙양 변두리에 작은 객잔을 하던 두 씨 성의 중년 사내는 자신의 가족과 친우에게, 자기 아래의 숙수와 점소이에게 정말 말도 안 되는 허황한 얘기를 종종 한다.

천하의 낭왕이 소싯적 자신의 도움을 받았다고, 그리고 고개 숙여 자신에게 고마움을 표했다고.

자신은 천하의 낭왕이 고개를 숙인 대단한 사내였다고.

찌푸려지는 상대의 표정은 무시한 채 두탁은 잊을 만하면 한 번씩 그 애기를 꺼내곤 했다.

*   *   *

화창한 날씨에 따스한 봄바람이 들뜬 사람들의 마음처럼 가볍게 창공을 넘나드는 삼월의 낙양, 수많은 깃발과 사람들의 웅성거림 속에 낙양대로는 무림대회를 찾아 길을 나선 인파로 발 디딜 틈 없이 붐볐다.

각양각색의 병장기, 그리고 저마다의 포부를 가슴에 품고서 많은 무인들이 청운을 좇아 이곳 낙양으로 몰려들었다.

참가하는 자와 구경 가는 자, 한 걸음 내딛기가 어려운 군중의 행렬 속에서 형제 또한 그들과 걸음을 함께하고 있었다.

상기된 표정의 동생이 사방을 두리번거렸다.

태어나 이리 많은 사람을 본 적이 있던가. 보이는 게 사람이고 눈 닿는 곳에 사람이다.

결코 좁은 길이 아니었건만 다니는 누구도 어깨를 펴고 걷기 어려울 만큼 이곳 낙양대로는 사람으로 들끓었다.

다니는 데 거슬려 동생은 긴 검을 가슴에 품었다.

그러나 워낙 많은 인파에 동생은 이리저리 사람들에 치이고 있었다.

들은 바대로라면 이 길의 끝에 무림맹의 총단이 있다 했다.

대회의 시작은 내일부터이나 그전에 등록을 해야 했기에 형제는 바쁘게 길을 서둘렀다.

까맣게 보이는 사람들의 머리 위로 멀리 우뚝 솟은 고루거

각들의 지붕이 보였다.

"보여?"

동생 운의 물음에 형 풍이 고개를 끄덕였다.

가볍게 올라온 길이었다.

입신도 출세도 공명도 바라는 것이 아니었다.

그저 지금 현재 자신들의 성취가 어느 정도나 될지 그게 궁금할 뿐이었다.

그러나 막상 눈앞에 무림맹의 건물이 보이자 풍은 긴장과 흥분으로 심장이 뛰었다.

참가는 동생만 할 것이지만 풍이라고 해서 그 흥분과 긴장에서 자유로울 수는 없는 것이었다.

"가자."

소리는 떨렸고, 얼굴은 붉었다.

무림맹 거대한 정문 앞은 신청자의 편의를 위해 일정 부분 이상의 공간을 확보해 둔 상태였다.

낮은 가로줄과 무림맹 소속의 무인들이 그 둥근 공간의 형태를 유지시키고 있었고, 참가 등록을 하려는 자들은 가운데 나 있는 좁은 입구로 차례차례 줄을 서서 자기 순서를 기다리고 있었다.

일 장 정도 되는 기표(旗標)가 무의 등급을 표시해 주었고,

참가자들은 자신의 수준을 가늠해 각각의 기표 아래로 참가 신청을 하러 나아갔다.

운의 선택은 명료했다.

고민할 것도 없이 가장 낮은 등급으로 참가 신청을 하러 갔다.

강호의 경험이 있는 것도 아니고, 자신들의 수준을 가늠할 기준이 서 있는 것도 아니니 굳이 타인의 눈을 의식해 급을 높이려 애쓸 필요가 없었다.

"이름이?"

"장…… 운입니다."

동생은 잠시 이름에 혼란을 느끼다 운이라 답했다.

장근, 부모님께서 주신 이름. 운, 노인과 형이 즐겨 부르는 이름.

본명은 근이나 아무래도 그 이름은 낯설었다.

존재는 하지만 익숙하지 않은 이름, 동생은 근보단 운이 좋았다.

"사문은?"

"없습니다."

기록을 하던 서기가 잠시 운을 아래위로 보더니 알 만하다는 듯 묘한 웃음을 짓고는 조그만 나무패(牌) 하나와 함께 등록 신청이 되었음을 알렸다.

"다음!"

뒷사람에게 자리를 비켜주며 운은 주어진 나무패를 보았다.

구품 이십칠.

등록하려 서성이는 사람들에 비해 숫자가 적은 것은 아무래도 최하급을 신청하는 이들이 그만큼 적다는 뜻일 것이다.

'이십칠.'

운은 손 위의 패를 보며 나직이 읊조렸다.

이십칠.

누군지 모를 막연한 상대가 그려졌다.

'이길 수 있을까?'

떨림도 생겼다.

그러나 운은 즐거웠다.

거의 십 년을 열심히 익혀왔다. 누가 알아주는 것도, 시키는 것도 아니지만 밥을 먹고, 잠을 자고, 일을 하듯 검을 익히는 것은 그들 형제의 생활이었다.

이제 그 결실을 느껴볼 수 있을 것이다.

두려움보다는 작은 긴장이, 그리고 긴장보다는 오히려 설렘이 운의 몸을 자극했다.

멀리 손 흔드는 형을 보며 운이 패를 보여주었다. 얼굴에 어린 미소가 싱그러웠다.

관림당(關林堂).

관우가 번성에서 오나라 장군 여몽에게 패하여 살해된 후 제사를 지낸 곳. 사람들이 그를 기려 사당을 지었으니 바로 이곳 관림당이었다.

늦은 밤이었으나 그를 기리는 많은 참배객들이 관우상을 중심으로 향을 피우고 있었다.

그리고 그 속엔 형제의 모습도 보였다.

형제는 향을 피우고, 절을 올리고, 눈을 감고 생각에 잠겼다.

기도라도 하는 것인지 형제의 표정이 진지했다.

"괜찮냐?"

풍이 문득 입을 열어 운을 향했다.

여전히 눈을 감고 있던 동생, 천천히 눈을 뜨고는 반짝이는 눈빛으로 관우상을 쳐다본다.

구름이 없어 밤하늘은 쏟아질 듯 영롱이는 별로 장관을 이루었다.

"할 수 있을까?"

눈에 별을 담고서 동생이 묻는다.

동생을 바라보던 풍이 그의 눈길을 쫓아 밤하늘로 시선을 돌렸다.

붉고 푸른 별들. 하얗게 반짝이며 금방이라도 떨어질 듯 풍의 동공에 와 박힌다.

“응.”

풍이 고개를 끄덕였다.

자색으로 물든 하늘 한쪽 끝에서 유성 하나가 짧은 선을 그으며 사라져 갔다.

“할 수 있을 거야.”

할 수 있을 것이다.

무림 강호가 얼마나 험한 곳인지는 들어 알고 있다.

반드시 먹어봐야 독인 줄 아는 것은 아니니, 형제는 충분히 경계하고 진중했다.

내일부터 동생이 상대해야 하는 자들이 어떤 이인지는 모르나 만만하진 않겠지.

하지만 그들의 노력 또한 그리 가벼이 치부할 순 없는 것이었으니, 형제는 누구보다 자신들을, 자신들의 노력을 믿었다.

“한 번만, 한 번만 이기자……. 그냥 갈 순 없잖아?”

풍이 의지를 다진다.

정작 상대하는 것은 동생인데도 열의는 풍이 앞선 것만 같았다.

툭.

운이 풍의 어깨를 쳤다.

어쭈? 하는 표정으로 풍이 운의 어깨를 친다.

씩 웃더니 운이 다시 쳤고, 둘은 잠시 장난에 빠졌다.

아름다운 것은 밤하늘의 별빛만은 아니었으니, 관림당 앞 마당엔 형제의 웃음소리가 가득했다.

＊　　　＊　　　＊

어제처럼 사람들에 치일까 봐 형제는 아침 일찍 길을 나섰다.

그러나 전날보단 한산했으나, 거리는 이런저런 이유의 사람들로 여전히 분주했다.

무림맹 정문 앞에 이르자 넓은 원형 공터엔 벌써 나온 사람들이 몇 서성이고 있었다.

조금 후 벌어질 구품대회 참여자들인지 저마다 손에 병장기를 들었다.

군상은 다양했다.

아직 젖살이 채 빠지지 않은 어린 소년부터 귀밑이 희끗한 중년인까지 폭 넓은 나이대의 사람들이 각자의 일행과 담소를 나누거나 혹은 대회를 대비해 몸을 푸는 모습이었다.

정문 앞으로 몰리는 사람들의 수가 점점 더 늘었다.

실제 구품대회에 참가하는 사람은 동생 운을 포함해 모두

서른한 명이 다였지만, 행사를 구경하려는 관중들이 몰린 까닭이었다.

비무는 무림맹 내의 중앙 연무장에서 열렸다.

평소 누구나 함부로 들어갈 수 없는 무림맹 총단이기에 이참에 그 내부를 구경하려는 이들도 상당수였다.

내부의 크기는 한정되어 있고 들어가고자 하는 사람들은 많았기에 아침 일찍부터 사람들이 몰리는 것이었다.

시간이 조금 더 흐르자 사람들의 환호 속에 무림맹 정문이 활짝 열렸다.

그리고 일단의 사람이 밖으로 나서기 시작했다.

두 줄로 절도 있게 문을 나선 그들은 균형 잡힌 걸음으로 정문 앞 공터를 둘러갔다.

이어 몇몇의 서기가 작은 탁자가 놓인 곳으로 가 자리에 앉았고, 구품이라는 글자가 적힌 기표를 든 사내가 그 뒤를 이었다.

그리고 마지막으로 백의중년인이 얼굴에 만연한 미소를 띠며 천천히 밖으로 그 모습을 드러냈다.

무림맹 장로 중 일인이자 구품대회의 총책임자인 만학소군(萬學笑君) 상관휘였다.

"강호 동도 여러분, 반갑습니다."

함성으로 맞이하는 군중을 향해 상관휘가 마주 쥔 손으로 인사를 했다. 별호처럼 부드러운 인상의 이 중년 사내는 낮고 굵은 목소리로 저 뒤 보이지 않는 군중의 귀에까지 또렷하게 자신의 말을 전달하였다.

"아시다시피 본 무림맹은 강호의 안정과 의와 협을 위해 존재하는 단체입니다. 이전에도 이후에도 그것은 변함없는 사실일 겁니다. 비록 저 참혹한 전란으로 잠시 강호의 의가 죽고 협이 땅에 떨어지기도 했으나 정의를 바라는 무림 협사의 의기가 죽은 것은 아닐 터……."

시대를 말하고, 세상을 이야기하는 그의 말은 무림맹 앞을 가득 메운 군중의 귓속으로 날카롭게 파고들었다.

그는 의(義)를 말하고 협(俠)을 이야기했다.

그는 영웅을 그렸고 정의를 새겼다.

난세가 끝난 후 안정과 혼돈이 뒤섞인 이 어지러운 현실에서 올곧은 자의 주어진 사명을 열변했다.

그리고 이번 무림대회가 그러한 시대적 요구에 부응할 수 있는 새로운 인재를 발굴하는 장이 될 것이라 역설했다.

군중은 환호했고, 들썩였다.

조금씩 동요가 일고 웅성거림이 커질 무렵, 마침내 그의 입에서 대회 개회의 선포가 터져 나왔고, 축포와 함께 대지를 울리고 성을 진동시키는 엄청난 함성이 그 뒤를 이었다.

한 달여의 대축제, 무림대회의 서막이었다.

대진 추첨이 시작되었다.

서른한 명의 무사가 차례로 번호를 뽑았다.

일부터 십육까지의 번호, 그것은 그들의 대전 순서이기도 했다.

"다음 나오시오."

호명이 있고 운이 앞으로 나섰다.

검은 천으로 둘러싼 상자 속으로 손을 넣자 몇 개의 작은 막대가 손에 잡혔다.

꺼내 든 막대에 적힌 숫자는 일(一), 첫 번째 순서였다.

운은 입맛이 썼다.

다른 이들의 수준을 모르기에 상대를 파악하기 위해서라도 순서가 뒤쪽이었으면 하고 내심 바랐는데 꼼짝 없이 몸으로 부딪쳐 봐야 할 판이었다.

'하, 참.'

난감했다.

손에 들린 막대의 숫자는 다시 봐도 분명한 일(一).

비무를 위해 무림맹 정문을 들어서는 운의 발걸음이 끌리듯 무거워 보였다.

곱게 휘어진 상부 곡선에 거대한 자태를 자랑하는 건물들, 하얗게 갈린 포석의 깨끗함과 넓은 도로. 무림맹 총단은 중원

제일세의 위상을 드러내듯 주변 화단 하나까지도 평범한 것은 없었다.

그러나 둘러보는 참가자 그 누구도 그러한 무림맹의 풍광에 시선을 뺏기진 않았다.

사람의 수는 서른하나, 그러나 그들의 마음의 수는 일이었다. 승리, 명예, 그리고 성취.

참가자들이 인도자에 이끌려 비무대에 도착했다.

본디 중앙 연무장이었던 그곳은 사면에 단을 쌓아 관람석을 만들었고, 그 가운데 너비 십 장 정도의 비무단이 둥근 모양으로 세워져 있었다.

"하……."

누군가의 입에서 감탄인지 탄식인지 모를 말이 새어 나왔다.

사람을 압도하는 웅장함, 어쩐지 모두 기가 죽는 모습들이었다.

구품 참가자 중 누구도 이름이 알려진 이는 없다. 어찌 보면 흔할 수도 있는 대문파의 제자 하나 그 안엔 없었다.

사람을 압도하듯 위용을 뽐내는 대회무대에 당당히 얼굴들어 마주할 만한 위세도 그들에겐 없었다.

가장 약하나 가장 절박한 그들.

무림대회는 그들의 삶을 바꾸어줄 일생일대의 기회였다.

빈약한 사문을 위해, 내세울 것 없는 자신을 위해 대회에서의 성공은 반드시 잡아야만 하는 동아줄이었다.

그래서 그들의 표정은 더욱 절실해 보였다.

입장이 시작됐는지 관객들이 하나둘 줄지어 들어왔다.

한참을 걸려 들어오는 사람들, 꼬리를 문 긴 행렬이 실타래에 실을 감듯 사방을 둘러싼 자리를 그들의 모습으로 채워갔다.

설렘과 흥분, 기대가 얼굴에 만연했다.

왁자지껄 떠들썩한 분위기 속에 끝없어 보이던 긴 줄이 마침내 그 끝을 보였고, 사면의 관람석이 각양의 사람들로 꽉 채워졌다.

두둥.

대북이 울렸다.

두둥.

건장한 구릿빛 역사의 우렁찬 대북의 울림은 뜨거운 함성과 함께 다시 무림맹을 흔들었다.

조금씩 약동하던 심장이 입 밖으로 튀어나오기라도 할 듯 격하게 뛴다.

말라붙은 입은 아무리 삼켜도 넘어갈 침 한 방울 나오지 않았다.

불과 삼사 장 정도 되는 비무대를 향하는 길이 그리 멀어 보일 수가 없다.

그저 자신의 현재가 궁금하여 참가한 것이다.

노인의 유지를 자기 형제 둘이 소홀히 하지 않고 잘 이어감을 표하기 위해 이 자리에 선 것이다.

그러나 비무를 위해 단을 오르는 이 순간, 운의 머릿속에는 아무것도 남아 있지 않았다.

보이는 것은 흐릿한 사람들의 잔영뿐, 귀를 찢고 들어오는 우렁찬 소리는 어지러운 머리를 더 휘저어놓았고, 잠결인 듯 몽롱한 기분에 손발이 따로 놀았다.

다리가 후들거리고, 검병에 배인 땀이 축축하다.

어렴풋이 시작 소리가 들리는 것 같았다.

분명 올라올 때 같이 왔건만 상대의 얼굴이 기억나지 않는다.

관중들의 거친 소리와 그들이 내뿜는 끈적끈적한 열기에 주변이 어지러이 맴을 돌고, 뒤틀린 속은 역류를 했다.

시큼한 것이 목구멍을 거쳐 넘어오는 순간, 느리게 검의 모습을 한 그림자가 자신을 향해 다가왔다.

운은 본능적으로 검을 휘둘렀다.

의식도 의도도 없이 그저 몸이 가는 대로 자신을 향하는 검을 쳐낼 뿐이었다.

날카로운 금속성이 일고, 검은 주인과 상관없이 제 길을 갔다.

손끝으로 가벼운 저항이 느껴졌다. 그러나 그도 잠시, 이내 허공을 가르는 듯 검끝의 저항이 사라졌다.

와아아아아아아!

함성이 터져 나왔다.

뭐가 뭔지 정신이 하나도 없다.

보이는 것도 느껴지는 것도 없다.

한없이 맴을 돌고 있는 기분, 속이 울렁거리고 다시 토악질이 날 것만 같다.

정리되지 않는 상황에 머리마저 어지럽다.

제대로 상대를 보지도 못했는데, 자신의 검을 제대로 펼쳐 보이지도 못했는데 속에서 뭔가가 울컥 솟아올랐다.

아무것도 기억나지 않는다. 아무것도 느껴지지 않고, 아무것도 보이지 않았다.

누군가 다가와 자신의 손을 잡았다.

그러고는 수고했다 한마디를 전하며 흠칫 놀라는 운의 등을 두드려 주었다.

등을 토닥이는 따스한 손길.

익숙한 목소리, 익숙한 내음, 형이었다.

풍이 동생의 얼굴을 양손으로 잡았다.

양 뺨을 살짝살짝 두드렸다.

조금씩 돌아오는 정신, 운은 비로소 형의 말이 제대로 들리기 시작했다.

동공에 초점이 맞춰지며 웃고 있는 형의 얼굴이 보였다.

다리가 풀렸고, 그렇게 주저앉는 운을 풍이 감쌌다.

몇몇이 건네는 축하를 뒤로 하고 운은 대기소로 들어섰다.

간단한 대결이었다고 했다.

일 수에 상대의 검을 날렸단다. 너무도 쉽게 승리를 따냈다 한다.

자신이 받은 중압감은 그게 아니었는데 결과는 너무나도 싱거웠단다.

왜 그랬을까? 무엇이 그리도 부담이었을까?

운은 대기소 한쪽 끝에 앉아 눈을 감고 기댔다.

자신하진 않는다.

열심히 해왔고, 최선을 다했다.

그것이면 된다.

그것이면 되는 것이다.

그것이면 되는 것인데, 그것이 쉽지가 않다.

머리를 세게 내저으며 운은 눈을 떴다.

눈이 열리며 흐리게 번져 있던 풍광이 뚜렷하게 다가왔다.

귀가 열려 속삭이는 사람들의 목소리가, 크게 고함치는 함성이 하나하나 저마다의 소리로 구분되어 들렸다.

공기는 상쾌했고, 피부에 닿는 양광의 무게가 가벼웠다.

손안으로 느껴지는 익숙한 검의 감촉, 문득 운은 자신이 부끄럽게 느껴졌다.

부전(不戰)으로 오르는 일인을 제외하고 모두 삼십의 사람이 일회전을 치렀다.

열다섯의 사내에겐 다시 더 위를 바라볼 수 있는 기회가 주어졌고, 열다섯의 사내는 처음 그들이 왔던 길을 다시 돌아가야만 했다.

부상 입은 몸이나 웃는 자가 있었고, 멀쩡하나 우는 자가 보였다.

아주 잠깐의 휴식 시간이 지나고, 춘광(春光)이 그 빛을 머리끝에서 비추는 무렵 운은 다시 검을 쥐고 단상을 올랐다.

한줄기 봄바람이 희미한 화향(花香)을 머금은 채 운의 뺨을 스쳐 지났다. 부는 바람을 따라 이마를 가린 몇 가닥 머리카락이 뒤로 나부꼈다. 서늘하면서도 따스함이 숨어 있는 바람은 그를 지나 그 뒤의 관람석 너머로 화향을 퍼뜨려 나갔다.

처음 선 자리에선 보이지 않던 것들이 눈에 들어왔다.

검게 채색된 바닥과 그 위에 마주 서 있는 굳은 표정의 백의청년, 그리고 그 사내 뒤로 높이 솟아 있는 관람석과 웅성거리는 관중들, 그 모두가 생생하게 눈에 보였다.

운은 한 호흡을 길게 내뱉고 다시 길게 들이마셨다.

스스로에 대한 실망과 부끄러움이 내뱉는 숨결에 묻어 빠져나갔고, 들이마시는 호흡에 새로운 의지가 빨려들었다.

두 다리는 굳건하게 바닥을 눌렀고, 허리는 꼿꼿이, 등은 오를 데 없을 때까지 곧게 펴졌다.

'한 번이면 족하다.'

부끄러움은 한 번이면 충분했다.

남이 아닌 스스로의 마음으로 무너지고 추해지는 것은 한 번이면 족한 것이다.

검병에 닿은 손이 서서히 당겨져 검집에 가려져 있던 검날을 드러낼 무렵, 한 가닥 짧고 큰 기합 소리와 함께 마주 선 청년의 창이 운을 향했다.

느렸다.

상대의 창은 느렸다. 창대의 탄력을 받아 작은 원을 그리며 최단 거리를 찔러오는 젊은 청년의 창은 창날 아래 붉게 매달린 수실 한 올이 다 보일 만큼 느리고 또 느렸다.

그리고 그런 그의 창에 운은 실망감을 느꼈다.

상대의 수준에 실망감을 느꼈다.

그리고 고작 이 정도의 수준에서 긴장과 중압감으로 보여야 했던 자신의 바보스런 행동에 수치심이 느껴졌다.

묵묵히 창끝을 지켜보던 운이 앞으로 한 걸음 발을 옮겼고, 청년의 느린 창은 헛되이 빈 공간을 가르고 지나갈 뿐이었다.

가늘고 긴 검이 허공을 가르며 빛을 뿜었다.

비교할 수 없는 빠르기로 대기를 지나 검은 백의청년의 목에 가 멈춰 섰다.

함성은 관객의 몫. 운은 처음과 같이 표정 없는 얼굴로 천천히 단상을 내려왔다.

대회 전 느꼈던 설렘과 흥분은 이미 사라진 지 오래, 답답한 마음만이 운을 감돌았다.

무인의 병기에는 무게가 있다고 한다.

물질적 무게만이 아니라 그들이 지내온 삶의 무게 또한 그들의 병기에는 더해져 있다.

조흠(趙鑫)은 아내가 있다. 조흠에겐 아이가 있고, 모셔야 할 노부모도 있었다. 나이 어린 동생은 제 밥벌이를 하지 못하는 형편이고, 또 다른 어린 동생은 시집을 보내야 하나 엄두가 나질 않는다.

작은 표국의 무사로 밥벌이는 하고 있었지만 어느덧 중년의 나이, 올라오는 젊은 피를 감당할 수 있는 나이가 이제는 아니다.

무관이라도 하나 차려야 했다.

어린아이들 코 묻은 돈이라도 벌어야 할 상황이다.

보여줄 평판이 필요했고, 무림대회 구품은 자신의 필요에 적절했다.

중년 사내와 그의 가족, 그들의 현재와 미래의 무게를 담아 검은 묵중한 인생의 무게로 동생을 찔러왔다.

그러나 그의 검에 매달린 인생의 무게가 가벼우면서도 날카로운 운의 일검을 당해내지는 못했다.

검신을 타고 흐르듯 올라오는 운의 검에 사내는 검을 놓아야만 했다.

바르고 안정된 걸음, 그러나 운의 표정은 여전히 굳어 있었다.

"장운, 승!"

심판관이 외치는 승리의 말도 그런 그를 달래진 못했다.

드러난 강자가 없기에 이변이 있을 수도 없는 구품결, 그러나 사람들은 운을 주목하기 시작했다.

고작 구품결이라 하나 압도적인 기량의 차이를 보이며 마지막 결전의 자리에까지 무난하게 오른 운을 사람들은 호기심 어린 눈으로 지켜보았다.

구품결의 최종 승자는 팔품결에 나설 수 있다. 그리고 팔품결의 최종 승자는 칠품결로. 그렇게 지지 않는 한 마지막 일품결 최후의 일인의 자리에까지 오를 수 있는 것이 이 대회의 규정이었다.

이제 사람들의 궁금증은 누가 구품결의 최종 승자가 되느냐가 아니라 과연 운이 어디까지 오를 수 있느냐에 있었다.

내기가 벌어졌고, 판돈이 쌓여갔다.

결승 상대는 거대한 덩치에 덩치만큼이나 큰 부(斧)를 무기로 쓰는 거한이었다.

호탕한 웃음과 단단한 근육질의 사내는 키는 크나 체형이 마른 운을 비웃듯 공기를 울리며 요란하게 부를 휘돌리고 있었다.

그러나 맹렬히 공중을 돌던 부가 어느 순간 자루만 남기고 비무대 바닥으로 떨어졌을 때, 거한은 놀람이 가득한 얼굴로 손안의 자루와 운을 번갈아 볼 뿐이었다.

심판관이 다가와 최종 우승을 선언하였다.

축하의 소리가 비무대에 가득했고, 사람들은 열광적인 환호로 새로운 신성을 맞아주었다.

그러나 단 한 사람, 운만은 여전히 차갑게 식어 있었다.

*   *   *

　관람석이 세워진 중앙 연무장 북면으로 거대한 건물 한 채가 서 있다.

　본디 맹의 대외적인 행사나 모임을 치르는 장소로 사용하는 이 건물은 태화전(太和展)이라는 편액이 고풍스럽게 정면을 장식하고 있었고, 지붕 아래 곧게 이어진 아름드리 기둥들이 수수하면서도 기품 있는 자태를 더해주었다.

　가장 높은 꼭대기 층, 연무장을 향한 작은 창으로 사람의 그림자가 보였다.

　은빛 머리를 올려 옥빛 비녀로 단정히 마무리를 하고, 그 아래 하얗고 긴 수염을 백색 장삼 위로 드리운 홍안의 노인. 잔잔한 빙결의 호수처럼 차분하면서 깊이 있는 눈빛이 그의 수양을 짐작케 했다.

　창을 통해 비무대 위의 광경을 보던 노인이 저 아래 승자의 환호를 받고 있는 운을 가만히 바라보았다.

　“어떠십니까?”

　노인의 등 뒤, 창을 통해 들어오는 빛이 미치지 않는 곳에서 나지막이 소리가 들려왔다.

　이어 보이는 검은색 신발 끝과 바지 선. 다가오던 걸음을 멈춘 듯 더 이상은 보이지 않았다.

비스듬히 선 채 노인은 여전히 운을 바라보고 있었다. 눈에 어린 빛은 상대에 대한 관심. 노인의 입 꼬리가 살짝 위로 올랐다.

"독검(毒劍)은…… 참 인복이 많아. 그 작은 키와 못생긴 외모에 어이 그리 좋은 이들과 연을 맺게 되었을꼬. 허허허. 참 신기한 일이란 말이야."

입은 웃으나 눈엔 냉랭한 기류가 흘렀다.

탐색. 모처럼 재밌는 대상을 만났다.

"형(形)이 안정되어 있고 정(精)과 신(身)의 조화도 좋군. 내가 공부가 약해 보이는데 아마 거기까진 인연이 닿지 않은 모양이야."

눈은 밖을 향한 채 노인은 손만 뻗어 옆 탁자 위의 잔을 하나 들었다. 넋두리를 하듯 노인은 혼잣말을 이어갔다.

"무엇보다 자존감이 강하군. 좋은 거지. 지나친 자존감은 자신을 해하지만 검을 든 무사라면 저 정도의 자존감이 있어야지. 자신을 늦추지 않는 자존감. 자신을 무시하지 않는 자존감. 그래, 무사라면 저 정도는 돼야지."

말을 하면서도 그의 눈은 운을 놓치지 않았다.

"마음에 들어."

그리고 그것은 진심이었다.

"자네 사제가 된다 했나?"

"네."

노인의 뒤로 공손히 서 있는 사내. 머리부터 발끝까지 온통 흑색 일색인 사내, 연추가 답하였다.

"좋은 사제를 두었군. 허허, 독검이 부러워지는데."

노인의 어깨가 으쓱했다.

"자네도 그렇고, 저기 저 청년도 그렇고."

"과찬이십니다."

연추가 다시 머리를 숙였다.

그럴 리 없다.

천하의 그가 누군가를 부러워한다? 말도 안 되는 소리.

그러나 비록 과장된 호의라 하더라도 그에 답하는 연추의 표정은 밝았다.

그의 시선이 노인의 등을 넘어 연무장 비무대를 향했다.

당당하게, 그리고 흔들림 없이 서 있는 운. 잠시의 만남이 었고 기약 없는 이별이었지만 연(緣)은 그리 쉽게 끊이는 것 이 아닐지니, 특별히 해준 것은 없으나 가슴이 뿌듯한 것은 인(人)의 상정(常情)일 것이다.

"저 아이도 독검의 풍운을 이었나?"

여전히 등을 돌린 채 노인이 말을 건넸다.

"그렇습니다."

"그래? 흐음……."

고개를 끄덕이며 노인은 운을 쫓고 있다.

그러다 무언가라도 생각난 것일까, 노인이 피식 웃음을 지었다.

따스하게 대지를 비추던 빛은 조금씩 그 위력이 다해 이제 마지막 불꽃으로 서녘 하늘을 적시고 있었고, 보이는 남쪽 하늘로 몇 마리 새가 지나갔다.

노을이 가득한 창가, 노인의 눈이 잔잔한 기억으로 젖어들었다.

"생각나는군. 처음 독검을 보았을 때가 말이야. 작고 못생기고 참 볼품없는 사내였는데. 그래, 참 볼품없었어, 자네 사부는."

운을 보던 노인의 눈이 나는 새를 지나 그 너머 무언가를 본다.

천지를 수놓으며 나부끼는 순백의 눈이 무색하게 검붉은 피와 적의, 그리고 살의로 얼룩져 있던 그날, 가장 화려하고 가장 잔인하게 적의 대오를 잘라가던 한 흑의사내의 모습.

"짧고 굵은 팔다리는 단순하고 과격한 초식에 어울린단 말이야. 그런데, 허허. 자네의 사부는 아니었지. 안 어울렸어. 정말 안 어울렸어. 마치 희대의 추녀가 속살이 보이는 얇은 나삼을 입고 색기 가득한 춤을 추고 있는 모습과 닮았다 해야 되나? 사람과 검식이 그렇게 안 어울리기도 참 어려울 거야.

난 웃었다네. 어쩌겠나? 나도 모르게 웃음이 터져 나오는 것을. 내가 서 있던 곳이 피 튀기는 전장임도, 나를 노리며 다가오던 그 많은 검도 그 순간만큼은 정말 잊었다네. 웃었지. 마음껏 웃었지."

노인은 저 유명한 황도(皇都) 광대의 익살스런 희극이라도 보고 있는 듯 눈가에 잔주름을 가득 남기며 키득거렸다.

진지한 표정으로 살수를 전개하던 그의 모습이 생각났다.

팔과 다리는 짧은데, 그것을 최대한 내밀어 검초를 시전하던 모습이 떠올랐다.

그래서 웃겼다.

외모와 실력의 괴리에서 오는 그 어색함이 그날의 노인을 웃겼다.

어이없어 웃었고, 허탈해 웃었다.

그의 검 아래 스러지는 상대의 비명도, 그들이 흘리던 선홍색 피도 당시 노인의 눈에는 들어오지 않았다.

그의 검은 화려했다.

일개 낭인의 검이 보일 수 있는 것이 아니었다.

낭인의 검은 투박해야 한다.

낭인의 검은 거칠어야 한다.

모자란 듯 아쉬워야 하는 것이 낭인의 검이다.

그러나 독검의 검은 아니었다.

셀 수 없이 일어나는 수많은 변식과 그 속에 담긴 쾌의 묘리는 정통이라 자부하는 자신의 검에 비추어 일말의 손색도 없었다.

그의 검에는 허초가 없었다.

다변의 어지러운 놀림 속에서도 그의 검에는 실초만이 있을 뿐이었다.

세상을 가득 채우는 검의 잔영, 그 어디에도 허상은 없다.

하나가 둘이 되고 둘이 다시 넷이 되는 불가해의 변화, 순간을 피어났다 사라지는 그 짧은 변화 모두에 뱀의 독니와 같은 치명적인 위력이 들어 있었다.

화려하나 사악한 독뱀처럼 그의 검은 아무나 함부로 건들 수 없는 것이었다.

볼품없는 자의 뜻밖의 강함. 상대의 실력에 대한 인정은 그날 노인을 웃게 했다.

"그래서 늘 아쉬웠지. 내 판단이 맞는다면 진정한 풍운의 위력은 독검이 보여준 것이 다는 아닐 거야. 풍운검은 독검과는 안 어울려. 검에도 미학(美學)이란 게 있는 것이거든. 맞아, 그의 검은 그의 것이 아니야. 그 검은 좀 더 크고 좀 더 뛰어난 이가 품어야 할 검이지. 그래, 풍운은 좀 더 훤칠한 사내가 품어야 할 검이야. 그게 맞는 거지."

불요검(不要劍)이요, 의즉현(意則顯)이라.

가만히 있어도, 손끝 하나 놀리지 않아도 저 막대한 무게감을 풍기는 노인. 저 노인의 일검을 받을 수 있는 자, 이 시대에 과연 몇이나 될까?

그러한 시대의 거인이 연추의 사부를 평한다.

차가 식었는지 노인은 단숨에 찻잔을 들이켰다.

탁자에 놓인 빈 잔을 희고 고운 손 하나가 채워주었다.

지는 해는 저물어 방을 채우는 어둠이 넓어져 갔다. 차를 건네던 고운 손의 시비가 방을 초로 밝혔다. 흔들거리는 초에 방 안도 덩달아 흔들거린다.

모두가 떠난 비무대, 잠시 전의 활기는 사라지고 빈 공간만이 지난 일을 기억했다.

사라진 관심. 노인은 연추에게 일을 물었다.

"그나저나 내가 부탁한 일은 어쩔 건가? 해줄 테지?"

"말씀하신 일은 이미 저희 회에서 맡기로 했습니다. 다만……."

"다만?"

"하나를 더 챙겨주셔야 하겠습니다."

"조건이 더 붙는다?"

"네."

들린 찻잔을 만지작거리던 노인이 한 모금 달게 그 맛을 음미한다.

"뭔가?"

"천양선단(天陽仙丹)을 들었습니다. 그것을 내주셨으면 합니다."

"욕심이 과하군."

"저를 위함이 아닙니다. 결국은 맹주님을 위한 것일 테지요."

노인, 무림맹의 맹주 구양수(九陽洙)가 비로소 고개를 돌려 상대를 바라보았다.

무심한 듯 날카로운 안광이 마주한 사내를 향했다.

공손하게 있으나 그 눈빛을 피하지는 않는 상대, 잠시 바라보던 구양수가 미소를 띠며 다시 고개를 돌렸다.

"저 아이로군."

연추가 구양수를 향해 고개를 숙였다.

"그래, 그렇군."

저 아래 어두워져 가는 비무대는 내일이면 다시 새로운 이를 맞아 생기로 가득할 것이다.

누군가가 다시 저 위로 나설 것이고, 누군가의 꿈이, 누군가의 탄식이 다시 저 공간을 메울 것이다.

그리고 그들을 보는 또 다른 누군가는 그러한 그들과 함께 웃고 울 것이다.

　　그러나 이 순간 구양수의 마음은 기대였다.

　　밖을 보는 구양수의 표정이 한결 부드러워 보였다.

第三章

청년이 등장하자 사내도, 여인도, 늙은이도, 젊은이도 모두가 그를 향해 함성을 질렀다.

들썩임에 날리는 먼지도, 드러난 살결을 따갑게 만드는 저 중천의 태양도 이 순간 그들에게는 문제가 되지 않았다.

앞사람으로 인해 가려진 그를 보기 위해 뒷사람들은 이리저리 몸을 틀어댔다. 두 손으로 입을 가리며 발을 동동 구르는 저 앳된 처녀들은 더 일찍 와서 좋은 자리를 잡지 못한 자신을 원망하며 아쉬운 마음을 소리로 달랬다.

검어 무시당하던 그의 얼굴은 이제 구릿빛 강한 사내의 매력이 되었고, 낡고 허름해 조롱받던 그의 옷은 이제 야성의 멋이 되어 방심(芳心)을 울렸다.

뒤로 한 번 묶어 제대로 정돈되지 않은 머리를 부는 바람결에 날리며 도도한 얼굴로 서 있는 사내.

대회 한 달째.

진정한 고수들의 비무, 삼품결의 시작은 동생 운의 등장으로 그렇게 시작되었다.

—받거라.
—무엇입니까?

베어오는 도가 예사롭지 않다.

도신은 아직 저 멀리 있는데, 도에서 일어난 예기가 대기를 넘어 피부를 가를 듯 전해진다.

사품결에서는 결코 볼 수 없었던 상승의 도세(刀勢), 가로막는 모든 것을 베어 넘기려는 듯 전해지는 압박감이 범상치 않다.

기를 담았음인가, 경력을 품었음인가, 도는 다시 그 본연의 크기를 버리고 점차 부풀기 시작했다.

거대한 도영(刀影), 범인의 눈에는 보이지 않을 것이나 자리를 같이하는 무림의 명숙들 눈엔 그 깊은 경지가 선연하게 보였다.

환상처럼 눈앞으로 다가오던 거대한 도영이 일순 부채가 퍼지듯 좌우로 나뉘더니 다시 눈을 현혹시키며 운을 베어갔다.

일도에 어린 강(强)과 변(變)의 탁월한 운용에 감탄 어린 탄성이 곳곳에서 터져 나왔다.

강한 도세에 풍압이 일고 치솟는 먼지와 함께 운의 옷자락이 펄럭였다.

그러나 포기한 듯, 보지 못한 듯 운은 검도 뽑지 않은 채 자리를 지킨다.

―선단이란 것이다. 너 같은 자에 주어질 하찮은 물건이 아닌데……. 휴, 정말 알 수가 없구나. 왜 이 귀한 것을 너에게 내주라 하시는지.

의원처럼 보이는 자가 설레설레 고개를 저었다.

빛나는 금박에 곱게 싸인 물건. 금박을 벗기자 짙은 갈색의 환(丸)이 속살을 드러냈다.

―먹거라. 물은 마시지 말고. 씹어 일 푼도 남기지 말고 싹 다 먹어야 할 것이다.

운의 손이 검병에 닿았으나 늦다.

유성이 내리듯 쏟아지는 도영은 피할 자리를 허락하지 않았고, 도를 쥔 상대는 마지막 순간에 긴장을 풀 정도로 어리석고 호락한 자가 아니었다.

관중의 탄식이 터지고, 몇몇 마음 약한 자들이 눈을 질끈 감으며 고개를 돌렸다.

터져 나올 비명과 핏줄기에 벌써 진저리를 치는 관중도 있었다.

―천하의 영약이니라. 값을 따질 수도 없는 무가(無價)의 보(寶)이니라. 범인(凡人)이 선인(仙人)이 되고, 사자(死者)가 생인(生人)이 되는 그런 기보이니라.

상대가 보이고, 그의 초식과 의도가 보이고, 그에 맞서가는 자신의 검이 보인다.

상대가 강해도, 그 기세가 하늘을 덮는다 해도 다시 그것을 덮어버릴 자신이 그에겐 있다.

흑라(黑羅, 검은 그물)와 독검(毒劍).

순간적으로 운의 손이 사라지더니 치솟듯 한줄기 빛이 오연(傲然)히 창공으로 빛났다.

공작이 꼬리를 펴듯 눈부시게 화려한 검세가 밀려오는 도세를 향해 터져 나왔다.

휘몰아치던 먼지가 터져 나가는 검세를 따라 빨려 나갔고, 화려함 뒤에 숨어 있는 서늘한 검세가 독사의 이빨이 되어 곳곳을 유린했다.

정적이 흐르고, 사람들은 말을 잃었다.

날카로운 기세가 자신들을 덮칠 것만 같다.

운을 마주한 관중들의 몸에 차가운 소름이 돋았다.

철컥.

검집에 검이 드는 소리와 함께 상대의 몸이 허물어지듯 흘러내린다.

다 찢겨 너덜거리는 옷 사이로 보이는 것은 세세한 상처. 빽빽하게 나 있는 그 상처 위로 붉은색 작은 핏방울이 아롱져 맺혀 있다.

놀라운 한 수.

낮은 탄성이 비무대를 가득 채우며 운은 미련 없이 뒤로 돌았다.

여전히 기쁨도 환희도 그의 얼굴엔 없었다. 당연한 듯 담담하게 단을 내려갈 뿐이다.

가쁜 호흡도 두근대는 심장도 그에겐 이제 없다. 그저 그리 되어가는 자연스런 일인 듯, 운은 단을 오르고, 검을 지르고, 다시 내려갈 뿐이었다.

대기소를 향해 걸어오는 운을 무인들은 긴장 어린 눈빛으로 마주했다. 호기심과 경계로 운을 보는 눈빛들이 날카롭게 반짝인다.

그러나 운은 관심이 없다. 그의 눈이 향하는 곳은 이미 다른 곳, 그곳에 저들의 자리는 없다.

운은 한쪽 구석에 앉아 눈을 감았다.

의원의 소리가 귓가에 맴돌았다.

천양선단이라 했다. 무가지보라 했다. 운은 그의 말을 인정한다.

검의 진로(眞路)를 따랐다. 검의 오의(奧義)를 깨달았다.

그러나 부족한 내가 공부가 더 이상의 성취를 막았다.

정체된 검, 솔직히 운은 포기했었다.

그러나 선단이 그 모든 것을 바꾸어놓았다.

의원이 말했듯이 선인에 이를 수 있는 선단은 아니었다. 하지만 최소한 스스로가 원하고 의도하는 검을 펼칠 수는 있게 되었다.

구품결 후 선단을 복용했고, 연추가 준 적기심결로 내기를 닦았다. 몸 안으로 내기가 넘쳤고, 육신만으로는 펼칠 수 없었던 검로가 원하는 변화와 빠르기로 구현되었다.

세기의 조절에 공을 들여야 했으나 큰 문제가 될 것은 아니었다.

무림대회는 운에게 두 번 없을 경험의 장이었다.

매일 수차례씩 치러야 했던 실전 비무는 새로운 내기와 기존의 검을 융합해야 하는 운에게 더 이상 없을 경험과 실험의 장이 되어주었다.

팔품결, 칠품결……. 그렇게 부담 적은 대결을 치르며 운은 점점 더 검의 운용에 자신과 확신을 갖게 되었다.

그리고 다시 이어진 셀 수 없는 비무.

조금씩 더 강해지는 상대는 짧은 순간 큰 성취를 이루어가는 운에게 날개를 달아주었다.

―……그리하여 네가 흑라와 독검을 보게 된다면 그때 나에게로 오라. 그것이 내가 너에게 선단을 내리는 이유이니라.

그의 말이 들린다.

감은 눈을 떠 운은 어느 한곳을 바라본다.

대기소의 장막 너머, 비무대의 상공 너머 저 높은 곳 작은 창에서 자신을 바라보는 눈빛이 있다.

도달할 수 없는 아득한 높이에서 버둥거리며 꿈틀대는 이들을 내려다보는 존재.

'구양수.'

보이지 않는 그를 향한 운의 꿈결 같은 시선이 그치지 않왔다.

운의 눈에 짙은 갈망의 불꽃이 피어올랐다.

＊　　＊　　＊

텅 빈 객방은 넓어 심회를 돋운다.

서넛은 넉넉히 자고도 남을 그 방을 홀로 구석에 앉아 지키고 있는 이는 운의 형 풍이었다.

바깥 길을 향해 자그맣게 나 있는 객창으로 달빛과 더불어 외로움이 밀려왔다.

어두운 구석, 세운 무릎 사이로 턱을 받치고 두 손은 발 앞으로 깍지를 낀 채 풍은 초점 흐린 눈으로 바닥에 비친 창 문양을 멍하니 보고 있었다.

평생을 살며 동생과 떨어져 본 적이 없다.

기억이 닿는 저 어린 날의 끝에서도 둘은 늘 함께였다.

이제까지 그랬기에 둘이 같이함은 당연한 일이라 여겼다. 아니, 그런 생각조차 없었다. 숨 쉬는 일이 그러하듯 너무나 당연하다 여기는 일은 외려 의식하지 않는 법이니.

턱이 점점 아래로 내려가고 이마가 무릎에 닿았다.

밤은 아직 긴데 잠은 남의 일이다.

방을 나와 일 층으로 내려가자 늦은 시간임에도 불구하고 꽤 많은 사람들이 저마다의 얘기로 흥청거렸다.

빈자리를 잡아 술을 시키니 문득 맞은 자리가 커 보인다.

동생은 멋있었다.

자기가 아는 동생이 맞나 싶게 불과 한 달 사이에 딴사람이 되었다. 축하하고 기뻐해야 할 일이나 함께 나눌 이가 없다.

잔을 따르고, 그 잔을 들어 빈자리를 향해 들어 보였다.

미소 짓는 동생의 모습이 떠오르고, 풍은 그를 향해 축하주를 건넸다.

탁 털어 술을 넘기자 독한 향과 함께 목이 뜨겁다.

다시 붓고, 털어놓고……. 석 잔을 그리 하니 은근히 술기가 돌았다.

점소이가 내주는 안주를 집어 맛을 본다.

상큼한 풀 내음이 잘 다져진 고기와 함께 진하다.

다시 잔을 채우고 고개를 젖혀 술을 부었다.

"맛있느냐?"

목으로 넘어가는 뜨거운 기운을 꿀꺽 삼키는데 가까운 곳에서 소리가 들렸다.

들린 고개를 내려 앞을 보니 누군가가 앉아 있다.

흑의에 죽립 아래 턱에 난 수염이 누군가를 떠올리게 한다.

"아……!"

연추, 하늘 아래 유일한 연(緣), 연추였다.

떠나던 그날처럼 그는 여전히 검은색 일색이었다.

차이가 있다면 날 선 검처럼 날카롭던 얼굴이 조금 유해진 정도일까. 아마도 입가에 어린 미소 때문인 듯싶다.

"여긴 어찌……?"

"알고 찾아왔냐고?"

점소이를 불러 잔을 주문하던 연추가 풍의 말을 끊고 들어왔다.

"다 아는 수가 있지."

손에 들었던 검을 탁자 한쪽에 놓고 연추는 젓가락을 들어 안주를 집어 들었다.

"음, 맛있구나."

시장했던 듯 연추는 점소이가 가져다준 잔은 쳐다보지도 않고 하나 있던 안주를 거의 비웠다.

그런 그를 가만히 보기만 하는 풍, 슬쩍 웃더니 다시 한 잔을 더 비웠다.

술만 먹는 풍과 안주만 먹는 연추, 눈을 마주침도 그 어떤 대화도 없이 새로운 술이 오고 새로운 안주가 왔다.

"가자꾸나."

새 안주를 맛있게 먹던 연추가 문득 자리를 일어섰다.

"네? 어딜……."

"밥값하러."

바쁜 일이라도 있는지 그 말을 끝으로 연추가 문을 나섰다.
부랴부랴 풍이 쫓아가자 연추는 말없이 앞장서 걸어갔다.

대로를 중심으로 환히 밝은 좌우와는 달리 대로에서 조금
벗어난 곳을 조금 걸어 들어가자 이내 주변이 어두워졌다.

들리는 것은 둘의 발걸음 소리뿐, 조용한 침묵만이 좁은 길
에 가득했다.

영문 모르게 따라가던 풍, 몇 번을 묻고 싶은 마음이 있었
으나 잠자코 따랐다. 시원한 밤바람이 붉어진 얼굴을 식혀준
다.

한참을 걷자 인적 드문 길의 외곽 끝으로 장원 하나가 보였
다.

낡아 보였으나 꽤 큰 규모의 장원, 유수장(流水莊)이라는
현판 아래 밤임에도 활짝 열린 정문이 이채로웠다.

"들어가자."

연추가 길을 앞섰다.

정문을 넘자 가운데로 나 있는 작은 길이 보였다.

길옆으로는 석등이 서 있었고, 그 불빛은 작은 뜰 앞 정원
에 은은한 봄밤의 정취를 돋우고 있었다.

정원을 지나 안으로 더 들어가니 정면으로 작은 전각 한 채
가 연못을 끼고 있었다.

전각에 이르는 계단 앞으로 같은 복색을 한 건장한 사내 둘이 좌우를 호위하듯 서 있었고, 시비 둘이 계단 위쪽 좌우로 시립해 있었다.

작으나 절도 있는 사내들의 인사를 받으며 연추는 풍을 전각으로 이끌었다.

실내는 소박하고 아늑했다.

가운데 놓인 둥근 탁자 위로 김이 오르는 다기들이 놓였고, 사방 벽은 창을 제외하곤 모두 고화(古畵)로 장식되어 있었다. 창틀 아래마다 네모난 협탁이 있었고, 그 위 화사한 봄꽃이 가득한 화병은 금은으로 상감되어 잔잔한 실내에 화사함을 살짝 더해주고 있었다.

"어서 와요."

낭랑한 맑은 목소리가 들린다. 전각의 주인인 듯 앉아 있던 중년의 미부가 안을 들어서는 연추와 풍을 반겨주었다.

서로에 대한 인사가 끝나자 중년미부가 자리를 권했다.

솜씨 좋은 목공 장인이 정성들여 깎은 의자의 양각 문양과 화병에서 풍기는 상큼한 꽃의 향기가 조금은 무안하게 앉아 있는 풍을 더 불편하게 했다.

물건을 보는 눈은 없지만 대충 봐도 고급 물건들이다. 의자에 앉아 있는 것은 고사하고 탁자에 손 닿는 것조차 조심스러워 풍은 주기(酒氣)에 붉게 달은 얼굴이 더 붉어졌다.

언제부터 보고 있었을까? 좌불안석에 차분히 자리를 지키지 못하던 풍이 언뜻 돌아본 곳에서 자신을 빤히 쳐다보고 있는 중년미부의 눈동자가 보였다.

하얀 피부에 붉은 입술, 흑요석에 비견될 까만 눈동자가 그녀의 나이를 무색하게 한다. 아름다운 여인, 어촌 필부의 모습만 보다 고아하고 품위 있는 미부를 대하자 풍은 무척이나 주눅이 든 모습으로 얼른 고개를 숙였다.

"의외네요."

눈은 풍에 고정한 채 예의 낭랑한 목소리로 미부가 연추에게 말을 던졌다.

"난, 좀 더 드세고 거친 분이 오실 줄 알았는데……."

살피듯 풍을 빤히 바라보던 미부가 살짝 웃으며 시선을 거두었다.

그윽한 시선이 연추를 향했다.

"이런 말씀드리긴 뭐하지만…… 믿어도 될까요?"

당당하며 기품 있는 여인, 외부로 드러나는 기세가 있는 것도 아닌데 은연중에 좌중을 이끄는 힘이 있었다.

"도움을 주신다면, 산정(山頂)을 지나 소요상운경(逍遙上雲境)을 이룰 아이입니다."

"그런가요?"

"그렇습니다."

짧으나 굵은 대답. 연추는 더 이상의 부연을 하지 않았고, 여인 역시 더 이상의 회의를 표하지 않았다.

"그렇군요. 알겠어요. 드세요."

미부는 고운 손을 내밀어 차를 권했다.

이유는 모르나 둘 사이의 대화는 풍에 대한 것이 분명했다. 당황하던 모습도 잠시, 풍은 굳어진 표정으로 찻잔을 물끄러미 바라보았다.

유수장을 나오는 발걸음이 들어설 때의 그것과는 사뭇 달랐다. 연추의 걸음은 여전했지만 풍의 걸음은 어딘가 모르게 달랐다.

연추의 얼굴이 하늘을 향했다.

올 때만 해도 맑아 별이 담뿍 담긴 하늘이었는데 어느새 한쪽으로 구름이 모여 밝은 달빛을 반쯤 가리고 있었다.

터벅터벅 땅을 보며 걷는 풍을 보면서 연추가 다가가 손으로 어깨를 둘렀다.

"묻지 않는 것이냐?"

풍이 연추를 보며 조용히 고개만 끄덕였다.

"여전하구나, 상대를 채근하지 않고 가만히 때를 기다리는 모습은."

연추가 풍의 어깨에 손을 올렸다.

“백유란(白柳蘭)이라는 이이다. 우리 풍운회의 가장 큰 고객이자, 동업자이자, 후원자이기도 하고. 가자꾸나. 내 너에게 할 말이 있으니.”

그리고 다시 앞서가는 연추. 그런 그의 뒷모습을 풍은 잠시 바라보았다.

영문은 모르지만 가벼운 일은 아닌 것만 같다. 이유를 몰라 무거운 가슴. 풍은 짧은 한숨을 내뱉고 그의 뒤를 따랐다. 밤은 긴데 그 끝은 아직 오지 않았다.

밤이 늦어 새벽이 다가오는 시간임에도 객잔의 일 층은 한쪽으로 불이 켜져 있었다. 연추가 이끄는 대로 따라 들어가니 구석진 모퉁이 자리에 술과 안주가 준비되어 그들을 기다리고 있었다.

탁자 옆으로는 회색빛 경장의 한 젊은 청년이 공손히 서 있는데, 그는 풍이 알고 있는 객잔 점소이가 아니었다.

주인 없는 객잔에 차려진 술상, 안주에서 피어나는 김이 갓 준비된 것임을 말해주었지만 어디에도 주인과 숙수는 보이지 않았다.

“앉자.”

손을 내밀어 자리를 안내하고는 연추가 자연스럽게 맞은편에 앉는다.

술병을 들어 잔을 붓고 높이 들어 잔을 들이켰다. 술은 달고 향이 좋았다.

몇 순배 술이 돌았다.

이것저것 그리 중요하지 않은 얘기들이 의미 없이 오갔고, 둘의 얼굴이 붉게 물들 무렵 연추가 속에 품고 있던 얘기를 꺼내기 시작했다.

"풍아, 너는 낭인에 대해 들어보았느냐?"

"낭인이라 하셨습니까?"

"그래, 낭인."

얼굴 가득 표정에 진지함을 담고 연추는 풍에게 낭인을 말했다. 주기에 얼굴은 붉으나 반짝이는 눈빛은 허투루지 않았다.

"사부께서는 낭인이셨다. 늘 입에 붙이고 다니시던 말씀처럼, 얽매이지 않고 자유롭게 온 중원을 떠돌며 바람처럼, 구름처럼 그렇게 한세상 살아가셨다. 때로는 의리에, 때로는 협의에 남북과 동서를 종횡하시며 참으로 많은 일을 하셨고, 많은 이를 도우셨다. 그리고 그 도움 속에 나도 있었고, 너희도 있었다."

풍의 머리에 작고 마른 노인이 떠올랐다.

검고 주름진 얼굴로 언제나 웃으며 형제를 대해주던 노인. 부모를 잃고 떠돌다 지쳐 굶주림에 죽어가던 자신들을 향해 내밀어주던 그 손을 어찌 잊을까?

"강한 분이셨다. 굳건한 분이셨고, 더불어 정이 많은 분이셨지."

다 빠진 이로 우물거리며 음식을 먹던 노인이 생각난다.

제대로 씹지 못해 고기 한 점 마음껏 먹지 못하던 노인. 그래도 형제를 위해 사냥을 하고, 잡은 고기를 구워 형제에게 주며 많이 먹어라 머리를 쓰다듬어 주던.

"목숨 빚이 있다. 내가 사부께 진 빚이 목숨 빚이니라. 다쳐 사경을 헤매던 나를 위해 사부께서 자신의 모든 것을 내놓으셨다. 마지막 한 올 남은 원정지기(原精之氣)까지 아낌없이 날 위해 다 내놓으셨다. 날 살리려고, 못난 제자 다시 일으켜 세우시겠다고 마지막 한 줌의 기력까지 다 소진하곤 떠나셨다. 혹시라도 깨어난 내가 애통해할까 봐, 당신이 나의 짐이 될까 봐 한마디 말도 기별도 없이 그렇게 떠나셨다."

참으로 담담한 목소리. 글을 읽듯 차분하게 연추는 노인의 애기를 했다. 남의 이야기를 하듯 조곤조곤 연추는 말을 이었다.

그러나 그의 목소리에 힘이 없음은 풍도, 회의청년도, 저벽의 유등도 알았지만 정작 당사자인 연추만 모르고 있었다.

연추의 그림자가 벽 한쪽을 장식했다. 유등에 이리저리 흔들리는 그림자는 그의 얼굴에 드리운 음영만큼 진한 깊이가 있다.

“사부께서 내게 남기신 것이 세 가지가 있다. 하나는 너와 네 동생도 익힌 바 있는 풍운검이고, 두 번째는 이 사형이 몸담고 있는 흑운회, 그리고 마지막은…… 나의 목숨 빚이구나.”

낮고 굵은 음성이 텅 빈 객잔의 내부에 부딪쳐 은근한 메아리를 일으켰다.

“소중한 것들, 그래서 반드시 지켜 이어야 할 그것들인데 내가 근본이 영민하지 못하여 제대로 이어가지를 못하고 있었다. 너희를 만나기 전까지는.”

풍은 가만히 연추의 말을 듣고만 있다.

손에 들어 넘기던 잔은 바닥에 놓았고, 오로지 귀만 열어 그의 말을 들었다.

“솔직히 놀랐다. 너와 네 동생의 자질은 내가 그동안 살며 봐온 그 누구와 비교해도 절대 뒤떨어지지 않았다. 내가 갖지 못한 재능, 그것을 너희 형제는 그 먼 시골 벽촌에서 지니고 있더구나. 그래서 놀랐고, 기뻤다. 잇고 싶으나 제대로 이을 수 없었던 것을, 비록 내 스스로는 아니었지만 그래도 다른 누군가를 통해 이어갈 가능성이 생겼기에, 그래서 돌아가신 사부께 다시 한 번 감사를 드렸다.”

고저(高低) 없이 독백을 하듯 나직하게 울리던 연추의 목소리가 잠시 회상에 젖어 떨렸다.

손을 내밀어 잔을 잡더니 연추는 천천히 고개 젖혀 술을 마
셨다.

"풍운검은 만변의 천고절학이라. 능히 천하제일의 검을 이
룰 수 있는 것이다. 사부도 나도 풍운의 극의(極意)를 이어갈
재목이 아니라 비록 세상 무림의 첫머리에 그 이름을 떨치진
못했지만, 너희는 그것을 가능하게 할 수 있을 것으로 보였
다. 그래서 인연을 만들었다. 너희가 그 먼 바닷가의 삶을 계
속 고집했다면 사라질 것이었지만 난 때를 기다리며 인연을
준비했다. 그리고 다행히 그 하나의 인연을 네 동생에게 전할
수 있었다."

연추의 말에 풍도 짐작이 가는 바가 있었다.

그 인연이 무엇인지 구체적으로 아는 것은 아니었지만, 변
화해 가는 동생의 모습에서 그 인연이라는 것이 얼마나 크고
귀중한 것이었을지 미루어 짐작할 수 있는 것이었다.

"천하제일검. 그래, 네 동생은 머지않아 그리 불릴 것이다.
사부의 검, 못난 제자가 제대로 이어받진 못했지만, 그 다리
를 놓은 것만으로도 난 한 겹 굴레를 벗을 수 있구나."

연추는 다시 술병을 들어 잔에 부었다.

어느새 마신 양이 꽤 되었던지 술병에 남은 술이 작은 잔
하나를 다 채우지 못했다.

연추가 옆에 서 있는 회색 경장의 청년을 바라보자, 청년은

조용히 다가와 병을 들고 주방을 향해 들어갔다.

연추가 풍을 보며 살짝 웃었다. 그러고는 잔을 들어 술을 청했다.

풍이 잔을 마주 들자 잔을 한 번 내밀더니 쭉 들이켰다.

"풍운은 너와는 연이 닿지 않은 검이라 내 너에게 검을 강요하지도, 할 수도 없었다. 그러나 처음 네가 나에게 보여준 그 무에 대한 자질은 네 동생을 훨씬 뛰어넘음이 있었으니, 처음엔 검이 아닌 것이 못내 아쉬웠다만 점차로 생각이 바뀌더구나."

주방을 들어갔던 청년이 돌아와 새로운 술병을 놓았다.

찰랑거리는 맑은 소리와 함께 후각을 자극하는 좋은 주향이 병 입구를 통해 함께 새어 나왔다.

다시 술잔이 돌았고, 주향이 둘의 사이를 넘나들었다.

연추가 회의청년에게 눈짓을 하자 회의청년이 뒤쪽 자리에서 목함(木函) 하나를 들고 왔다.

탁자 위의 술병과 안주가 한쪽으로 치워지고 목함이 그 자리에 대신 놓였다.

연추가 뚜껑을 여니 기이한 향과 함께 다시 손바닥만 한 작은 목갑이 보였고, 그 옆으로 기이하게 생긴 도 한 자루가 모습을 드러냈다.

짧고 두꺼운 도, 생긴 건 도의 모양이었다.

그러나 도신은 폭이 넓어 거의 한 뼘가량이나 되는 것이었고, 반대로 그 길이는 짧아 고작 한 자 정도밖엔 되어 보이지 않았다.

두꺼우면서 짧은 도.

풍은 그것이 자신이 쓰는 도와 닮은 구석이 있음을 곧 알아차릴 수 있었다.

기형도를 바라보던 풍이 연추를 보자, 연추가 고개를 끄덕였다.

"네 것이다. 내 너와 비무를 하며 느꼈던 것을 이리 표현해 보았다. 잡아보거라, 어떠한지. 맞지 않는 부분이 있다면 다시 고칠 것이니, 모쪼록 마음에 들었으면 좋겠구나."

재료가 평범한 철은 아닌지 도신의 광택이 거의 죽어 있는 그 기형의 도는 짙은 색 바탕 위에 언뜻언뜻 녹광이 어려 있었다.

도신에 음각된 것은 바람과 구름의 문양. 아마도 동생의 검에 있는 것을 연추가 기억한 모양이었다.

풍이 자리에서 일어나 도를 두 손으로 들어 올렸다. 묵직한 것이 자신이 쓰는 도와 무게감이 비슷했다.

도병을 잡아 좌우로 돌리자 도는 마치 자신의 팔인 것처럼 자연스레 손안에서 노닌다.

딱 맞다. 더 이상 바랄 것이 없을 만큼 딱 맞다.

“이름 없는 도이다. 마음에 든다면 그 이름은 네가 붙이도록 해라.”

잔을 들어 입에 가져가던 연추가 풍의 얼굴에 드러난 만족감을 보며 말을 더했다.

풍이 조심스레 도를 다시 목갑에 놓으며 공손히 연추에게 감사를 표했다.

긴 말도, 다채로운 언사도 없었지만 마음의 진정을 담아 연추에게 고마움을 전했다.

“옆의 것도 열어보거라. 내 너를 위해 준비한 인연은 사실 그것이 먼저이니.”

연추의 말에 풍이 다시 목함 안을 보았다.

목함 안에 든 작은 목갑, 비범하지 않은 향을 풍기며 작은 목갑은 풍의 손을 기다리고 있었다.

조심스레 들어 앞에 놓고는 풍이 목갑을 열었다. 그러자 강렬한 향이 풍겨져 나오며 속에 든 원형의 물체가 풍의 눈에 띄었다.

붉고 검은 빛이 뚜렷한 그것은 말랑말랑하면서도 탄력 있어 보였다.

무엇이냐는 의문에 찬 눈빛이 연추를 향했다. 결코 평범하다 할 수 없는 기이한 그 물체는 선뜻 손대기 어려운 데가 있었다.

"적양화리(赤陽火鯉)의 내단이다. 수백 년을 산다 해도 구경하기조차 힘든 그런 귀한 것이니라. 그 속에 담긴 영능은 이루 말할 수 없는 것이나, 무엇보다 너의 부족한 부분을 채워줄 수 있는 귀하디귀한 보물이다. 그러니 먹거라. 그리고 다시 말을 나누자꾸나."

연추의 잔잔한 말투 속에 단호함이 깔려 있다. 잔을 들어 마시며 연추는 풍이 그 자리에서 내단을 먹기만을 기다렸다.

내단이라는 말, 들어 알고는 있다.

그리고 그것이 무림인에게 어떤 의미로 다가가는지도 모르진 않는다.

탐나고 욕심이 났다. 하지만 풍은 주저할 수밖에 없었다.

이리도 귀한 것을 아무렇지도 않은 척 받아들일 만큼 그의 얼굴은 두껍지 못했다. 목갑을 닫고 풍은 가만히 연추를 바라보았다.

연추가 머리를 저었다.

"나이도 어린 녀석이 어찌 저리 고지식할꼬?"

가벼운 웃음도 입가에 달려 있었다.

"내 얘기했듯이 사부께서 나에게 물려주신 것이 세 가지였다. 풍운은 제대로 된 임자를 드디어 만났으니, 굳이 네가 아니더라도 상관없는 것이고, 해서 난 다른 생각을 갖게 되었다. 그것이 오늘 내가 너를 찾아온 이유이고, 너를 유수장으로 데려간 이유이기도 하며, 이것을 너에게 주는 이유이기도 하다."

"그것이 무엇입니까?"

연추의 그것을 닮은 듯 차분하고 낮은 음성이다.

연추는 답을 바로 하지 않았다.

연추가 고개를 돌려 창밖을 본다. 그러나 보는 것이 창이 아님을 풍은 안다.

젖어가는 눈빛, 그는 먼 곳을 보고 있다.

"너희를 만나고 사부의 돌아가심을 알게 된 후 난 매일 꿈을 꾸었다. 자리에 누워 덧없는 상상에 빠지는 것이지. 찬란한 무공으로 강호를 종횡하고, 무림을 누비며 드높은 명성을 쌓고, 마침내 일세(一世)의 세(勢)를 쌓아 대소 문파의 수장부터 저 숨어사는 은거기인까지 모든 강호인이 모인 자리에서 천하의 제일인으로 등극하는 꿈. 허허, 난 그런 꿈을 꾼다. 그리고 외치는 것이다, 모두가 우러러보는 그 영광되고 높은 자리에서. 나는 당금의 천하제일인이라고, 내가 천하제일세의 주인이라고, 그리고 나는 흑라독검의 자랑스러운 제자라고……. 그렇게, 외치는 것이다."

새벽이 오는지 창이 푸른빛으로 채색되어 있다.

조용하던 거리에 하나둘 사람의 기척이 나타났고, 객잔은 유등이 없어도 어둡지 않을 것 같았다.

무슨 말이든 하고 싶었지만, 풍은 말을 할 수 없었다. 저 깊은 마음이 어떤 것인지를 완전히 이해할 수는 없었기 때문이다.

그러나 노인, 사부를 향한 그의 마음이 한편으로는 이해가 되는 부분도 적지 않았다.

농도는 다를지 모르지만 그 마음, 곧 자신의 마음이기도 했기에.

잔을 따르는 소리가 가만히 들렸다.

"그런데 현실은 아니지. 난, 정말 그러고 싶은데 현실은 아니란 말이다. 그래서 힘들었다. 내가 사부께 드릴 것이 없어서, 못난 제자라서, 넘겨받은 목숨을 싸구려로 살고 있어서. 그 귀한 목숨을 말이다."

잔을 마신 연추가 풍을 응시했다. 격정도 떨림도 없는 눈인데, 그 속에 담긴 그의 애절함이 자신의 것인 양 풍의 눈으로 전해졌다.

"내 목숨 빚을 갚아다오. 그것이 나의 바람이다."

*   *   *

'초식의 여유는 둘 필요가 없다.'

긴장한 사내는 검병을 꽉 움켜잡으며 한순간의 틈을 노렸다. 상대의 실력은 이미 검증이 된 것,

'무리해서는 안 된다.'

제남 벽하문(碧河門)의 제자 단규는 가볍게 몸을 놀리며 상대의 빈틈을 노렸다.

좌와 우를 오가며 상대의 반응을 살폈고, 상대의 수를 이끌어내려 애썼다.

그러나 요지부동, 상대는 그러한 자신의 몸놀림에 전혀 반응을 보이지 않았다.

곳곳이 빈틈인 것 같다. 검을 내지르면 그대로 상대의 몸속으로 들어갈 것만 같다.

그리고 그러한 유혹은 참기 힘든 것이어서 몇 번이나 절초를 시전하려 했는지 모른다. 그러나,

'참아야 한다.'

상대는 고수다. 그것은 자신뿐만 아니라 여기 있는 모두가 다 아는 사실이다.

누구도 예상치 못했다.

이름 없는 한 시골 무부가 이렇게 한 달 보름을 넘게 계속 선전을 펼칠 것이라고 누가 감히 생각할 수 있었을까.

앞에 보이는 청년이 하염없이 커 보인다.

'할 수 있을까?

사념(思念)은 고리가 되어 끝없이 이어졌다.

석상인 양 고정된 한 청년과 그 주위를 끊임없이 맴도는 또 다른 청년, 계속되는 둘의 기묘한 모습은 처음의 긴장을 넘어 지루함에 달했다.

마침내 심판관의 독전 소리가 들렸다. 관자놀이를 흐르는 한 방울의 땀을 의식하며 단규가 다시 한 번 이를 물고 나가려는 손을 참았을 때, 상대의 눈이 단규와 마주쳤다.

한겨울 시린 강의 얼음처럼 서늘한 눈빛. 생사결이 아닌 비무임에도 단규는 몸을 얼게 만드는 상대의 기세에 꿀꺽 침을 삼켰다.

이건 아니었다.

자신이 무림대회의 결승에 오르리라고 예상치는 못했지만, 적지 않은 자신감은 있었다. 최소 지더라도 멋진 한판을 확신했다.

그러나 상대는 강했다.

그가 주는 압박감과 두려움은 사부이신 제남 명문 벽하문의 문주에게서도 느껴보지 못한 것이었다.

검을 내밀기도 전에 느껴지는 차이, 최선을 다하나 자신은 없다.

상대가 검을 뽑기 시작했다. 보란 듯이 천천히.

분명 그토록 바라던 한순간의 틈임에도 단규는 섣불리 검초를 부릴 수가 없다.

서서히 뽑히던 가늘고 긴 검이 하얀 검신을 다 드러냈고, 검극이 느리게 자신을 향했다.

몸의 모든 신경이 검극을 향한다.

솜털 하나하나까지도 변화하는 주변의 기운에 미세하게 반응했다. 근육은 이완과 긴장을 하며 이어질 공세를 대비하고 있었고, 넓어진 기감이 상대의 기류를 쫓아 출렁이며 나아갔다.

기파와 기파가 공중에서 어울렸고, 마침내 결심을 한 듯 단규의 검이 선공을 점했다.

"차앗!"

힘찬 기합성은 비무대를 울렸다.

홍수에 누런 강물이 넘실거린다.

퍼붓듯 쏟아지는 폭우로 둑을 노리며 거칠게 몰려가던 물살이 강변을 지나 독을 넘어 사방천지를 휩쓸어갔다.

마주치는 모든 것을 부숴 버릴 듯 물은 폭군이 되어 터져 나간다.

벽하범제(碧河氾堤).

벽하문 벽하검의 절초이자 최후의 초식이 그 노도와 같은 검세를 보이며 상대를 무너뜨릴 듯 밀려 나가고 있었다.

후회 없는 일초였다.

벽하검을 수련한 이래 이보다 더 완벽하게 시전된 적은 없는 듯했다. 단규는 만족했고, 무너뜨릴 듯 밀려가는 검세 사이로 한둘씩 보이기 시작하는 날카로운 상대의 독아는 이제 그의 관심이 아니었다.

별무리가 보였다.

밤이 아닌 밝은 낮임에도 순간적으로 어두워진 시야에 아름답고 찬란한 별무리가 피어났다.

그리고 한 달 보름을 넘게 이어온 무림대회도 그 별무리와 함께 그렇게 끝이 나고 있었다.

"어떠하냐?"

"재밌군요."

희고 검은 수염과 반백의 머리가 강하면서도 온화한 인상을 풍기는 초로의 노인과 그 곁의 젊은 청년, 유람이라도 나온 듯 화사한 옷차림이 봄날의 정경과 잘 어울리는 두 사람이 아우 운의 비무를 보며 담소를 나누고 있었다.

옅은 옥색 장삼에 머리는 가지런히 묶어 뒤로 늘어뜨렸으며, 가늘고 긴 흰 손에 학우선을 든 청년은 남녀를 불문하고 한 번씩은 얼굴을 쳐다보게 만들만큼 뛰어난 외모를 지니고 있었다.

굵은 눈썹과 목젖이 아니라면 가히 여자라 해도 지나침이
없을 곱상한 외모, 입가에 띤 은은한 미소가 참으로 매력적이
었다.

"마령추혼검(魔靈追魂劍)을 여기서 보게 될 줄이야. 하하,
세상 참 재밌군요."

준수한 외모의 청년이 비무대 위 운을 바라보며 묘한 소리
를 했다.

"아마도 삼숙(三叔)의 연(緣)이겠지요."

옆에 앉은 초로의 노인이 고개를 끄덕였다.

"그럴 테지."

"그나저나 제대로 된 검이군요. 제법이에요."

"내가 봐도 그렇구나. 군더더기 없이 깔끔해. 나이를 떠나
서 실로 대단한 성취라 해야겠다."

고아한 청년의 눈동자가 빛을 발한다.

"내공이 아직 부족해 보이는 게 아쉽긴 하다만 검로의 오
의는 제대로 짚고 있구나. 허허허. 놀라운 일이야, 놀라운
일."

껄껄대며 웃는 초로의 사내 옆에서 준수한 청년은 특별한
표정의 변화 없이 화사한 웃음기를 머금은 얼굴로 운을 보았
다.

쉬운 검이 아니거늘, 제대로 펼치고 있다.

흥미로운 사내, 청년은 강호에 나온 이래 처음으로 자신의 흥미를 끄는 상대를 만났다.

"어쩌냐? 만약 지금 저 청년과 네가 만난다면, 어찌 될 듯싶으냐?"

초로사내의 물음에 여전히 청년은 싱그러운 웃음을 짓고 있다. 맑고 검은 눈망울로 운을 응시하며 태연하게 말문을 열었다.

"죽겠지요."

더욱 짙어지는 화사한 미소.

"저를 만난다면."

여심을 다 녹일 그의 미소에 봄빛 가득한 화단이 어렸다.

청년이 슬쩍 초로인을 돌아보니 초로인이 너털웃음을 터뜨리며 즐거워한다.

"허허허허허, 그렇지. 그렇겠지. 허허, 이건 농도 안 되는 말이었구나."

초로의 사내는 한참을 웃었고, 청년은 그의 웃음과 상관없이 운만을 볼 뿐이었다.

죽을 것이다. 그것은 흔들림이 없는 진리. 그러나 청년의 눈에 비친 운은 단순한 생사의 적이 아니라 흥미와 관심의 대상이었고, 한 번쯤 검을 섞어보고 싶다는 마음도 들었다.

물론 크게 상대는 안 되겠지만.

"가자. 중원은 넓고 아직 우리가 가봐야 할 곳은 많으니 이쯤에서 일어섬도 나쁘진 않겠구나."

비무가 끝나고 사람들의 환호성이 터지자 초로의 사내가 자리에서 일어섰다.

뜻밖의 수확, 자신들은 자리에서 일어서지만 저 비무대 위의 젊은 승자는 또 다른 누군가의 시선을 받게 될 것이다.

조용히 산다면 별일 없을 것이나,

'아무래도 만나게 되겠지.'

잘생긴 청년 백문요(白雯曜)의 마지막 눈길이 다시 한 번 그를 향했다.

서서 환호를 지르는 사람들 사이로 밖을 향하는 두 사람, 그들이 지나치는 관객석 옆에 또 다른 두 사내가 그들의 길을 준비하고 있었다.

"훌륭하지?"

모두가 일어서 환호성을 지르는 가운데, 자리에 앉아 대화를 나누는 두 사람. 뺨에 난 상처가 인상적인 중년 사내가 옆을 보았다.

그곳엔 어깨까지 오는 짧은 머리를 바람에 불리는 대로 버려둔 청년이 깊고 그윽한 눈빛으로 승자를 보고 있다.

짧으면서 넓은 기형의 도를 메고 있는 청년, 연인을 떠나는 듯 애절한 눈빛이 가득하다.

꽃가루가 날리고, 축포가 터졌다.

승자를 축하하기 위해 많은 이들이 비무대를 올랐다. 십 장 가량의 넓은 비무대. 그러나 그 넓은 공간에 자신이 올라설 자리는 없다.

"가자. 이제는 떠날 때이니."

중년 사내가 먼저 자리에서 일어섰다.

아쉬운 듯 금세 일어나지 못하던 청년이 미련이 남은 몸짓으로 자리에서 몸을 일으켰다.

모두가 비무대를 향하는 곳에서 둘은 비무대를 등졌다.

환호하는 인파에 떠나갈 듯 시끄러운 관람석이었지만, 둘 사이엔 침묵만이 흘렀다.

모습을 감추어가던 청년이 다시 한 번 고개를 뒤로 돌렸다. 사람들에 가려 보이지 않는 그 누군가를 향해 그는 속으로 깊은 인사를 나누었다.

—아무래도 나, 여기 머물러야 할 것 같아. 몰랐는데, 지금껏 몰랐는데 내 안에 뭔가가 있어. 붉게 타오르는 뭔가가 있어. 뜨겁게 나를 살라 버릴 것만 같은 그런 뭔가가 있어. 미안해, 형. 저 바닷가 우리 집도 좋지만, 지금은 안 돼. 다시 내려가기엔 내 안의 것이 너무 뜨거워. 미안해…… 형.

동생의 말이 떠오른다. 예상치 못했던 말. 하지만 받아들여야 했다.

그는 그의 길을 찾았고, 나이만큼 뜨거운 삶을 보낼 것이다.

'난?'

오월의 신록이 세상을 연초록으로 덮던 어느 늦은 봄날, 바라보는 곳이 같았던 어느 형제가 처음으로 다른 곳을 보던 그날, 시간을 착각한 작은 나뭇잎 하나가 투명한 연녹빛을 그대로 하고 낙엽인 양 아래를 향해 떨어졌다.

바람이 불고, 떨어지던 작은 잎이 이리저리 흔들릴 때, 떠나가던 그 누군가는 그 잎이 자신과 닮았다는 생각을 했다.

따스한 빛이 좋던 날, 그날에.

第四章

사방이 어둡다.

보이는 공간 모두가 검은 염료라도 뿌린 듯 온통 시커멓기만 하다.

검은 하늘, 빛 한 점 내리지 않는 그 아래 역시 검은 길이 앞을 향해 뻗어 있다.

습관처럼 걸음을 옮기고 다시 앞을 향한다.

꿈인가? 몽롱하다.

시작이 끊어진 기억, 언제 어디서 어떻게 왔는지도 모르게 자신은 길을 걷고 있다.

여기는 어딘가?

둘러봐도 보이는 것은 가려진 검은 빛뿐, 무엇을 향한다는 목적도 없이 그저 길을 걷는다.

검은 뇌전이 일고, 동반된 뇌성 속에 멀리 탑이 보였다.

하늘을 뚫기라도 하려는 듯 그 끝이 보이지 않는 높디높은 탑. 높이도 폭도 알 수 없는 그 웅장한 탑으로 검은 길은 이어져 있다.

의지와 상관없이 발걸음은 이어지고, 떠도는 야귀(夜鬼)처럼 어둔 길을 간다.

환영처럼 벽이 지난다.

희뿌연 윤곽이 어린다 싶으면 어느새 자신은 그곳을 지나 있다.

돌로 된 통로가 암굴처럼 이어지고, 빛 없는 어둠 속에서 자신은 앞을 본다.

몸이 가벼웠다.

한없이 가볍고 또 가벼웠다.

너무나 가벼워 몸 어디에서도 무게가 느껴지지 않았다.

마치 바람이라도 된 것처럼 몸 어디에도 거슬리는 부분이 없었다.

흘러가는 바람의 선이 보였고, 스쳐 지나가는 그 선을 따라 고개를 돌리니 먹색의 음영 속에 자신을 감싸고도는 대기의 흐름이 보인다.

길은 이어지고, 끝은 멀었다.

─開[열어]!

들리지 않는데 소리가 들린다.

귀가 아닌 머리를 울리는 소리. 분명 낯선 소리인데 익숙하기만 하다.

장막인 듯 가려졌던 검은 기운이 걷히고 원래부터 있었던 듯 거대한 철문이 앞에 서 있다.

검푸른 이끼가 내려앉은 녹슨 철문, 컴컴한 하늘 위로 끝 모르게 서 있는 철문은 자신의 손을 기다리며 입을 닫고 있었다.

─開[열어]!

다시 들리는 소리, 언뜻 의식을 차리니 손은 이미 손잡이에 닿아 있다.

용기가 생기지 않는다.

손은 마음을 떠나 문을 열려 하는데, 마음속 깊은 곳에서 그 손의 움직임을 거부한다.

모르는데 안다.

저 너머, 저 육중한 철문 너머 존재하고 하고 있을 그 무엇.

머리가 흐려지고, 길은 멎었다.

＊　　　＊　　　＊

"정신이 드느냐?"

뿌연 시야 속, 뚜렷하지 않은 형체가 눈에 잡혔다.

눈을 깜빡이고 다시 보니 익숙한 얼굴이 자신을 보고 있다.

"괜찮은 것이냐?"

짙은 턱수염이 인상적인 사람, 연추가 걱정 어린 낯빛으로 내려다보고 있다.

풍이 가만히 고개를 끄덕였다.

머리가 무거웠고, 눈이 뻑뻑했다.

몸은 나른하여 자신의 몸이 아닌 것처럼 느껴졌고, 무엇보다 기운이 없었다.

그러나 몸 안에서 느껴지는 익숙한 듯 낯선 이질감, 풍은 말도 표정도 없이 한참을 그렇게 있더니 이내 눈을 감고 긴 숨을 내쉬었다.

적양화리의 내단을 복용한 후 풍은 연추의 걱정을 옆에 두고 사흘을 잠들었다.

겉으로 드러나는 변화는 없었다.

혈색이 변한다거나 기가 들끓어 몸에 열이 난다거나 하는 그런 이상은 전혀 나타나지 않았다.

그저 죽은 듯 잠들었을 뿐이다.

모든 움직임이 멎은 채 마치 시체처럼 잠든 삼 일. 천천히 오르내리는 가슴의 움직임마저 없었다면 실로 죽었다 보아도 무방할 정도로 풍은 누운 모습 그대로 삼 일을 지냈다.

예상과는 전혀 달랐던 풍의 반응에 누구보다 당황한 것은 연추였다.

적양화리는 화기가 강하다. 그렇기에 그 내단을 복용한다면 양기에 의한 열 반응이 있어야 함이 당연한 이치. 그런데 풍이 보인 반응은 전혀 뜻밖의 것이었다.

아무런 변화 없이 잠만 든 풍, 염려와 걱정으로 곁을 지킨 연추의 지난 며칠은 결코 짧다 말할 수 없는 것이었다.

"별탈…… 없는 게지?"

아무래도 불편해 보이는 풍의 인상에 연추가 염려를 표했다.

촉촉이 묻어나는 애정, 말 속에 들어 있는 연추의 다감한 걱정이 풍에게 온전히 전해지고 있었다.

"네, 저는 아무 탈이 없으니 그리 걱정 않으셔도 됩니다."

자리에서 상체를 세우며 풍이 연추에게 무사함을 표했다.

잠시 현기증이 일었지만 곧 사라졌다.

무거우면서도 나른한 몸, 그러나 그것도 몸 안에서 일어난 내기가 종이에 스미는 먹처럼 내부에 스며가자 점차 원상태를 회복해 갔다.

까칠한 입술을 보며 연추가 잔을 건넸다.

맑은 액체가 잔 속에서 찰랑거렸다.

"목이 마를 것이다. 간단히 목이라도 축여라."

"고맙습니다."

풍이 공손히 손을 내밀어 잔을 받았다.

시원한 물이 목을 넘어가자 숨통이 트이는 듯했다. 단숨에 잔을 비우자 연추가 한 잔을 더 채운다. 마저 비우고 나니 비로소 정신이 다 돌아오는 것 같았다.

"걱정을 많이 했더니라. 사흘을 미동도 않고 잠든 것처럼 누웠는데 혹시라도 일이 잘못된 것인가 싶어 속이 타더구나."

"사흘이라 하셨습니까?"

자신을 응시하는 연추의 시선을 지우며 풍이 연추에게 시간을 물었다.

"사흘, 아니, 나흘은 되었구나."

"나흘……."

짧지 않은 시간, 그리 오래된 줄은 몰랐는데 생각보다 긴 시간이 지났다.

'단순한 꿈인가? 아니면 그것이 진정 사실인가?

사실이라 믿기엔 너무도 황당한 일, 하지만 느껴지는 기운은 그것이 단지 꿈이 아니었음을 말해준다.

연추는 풍을 살폈다.

혹 어디 문제는 없는 것인지, 걱정이 완전히 떠난 것은 아니었기에 찬찬히 구석구석을 보고 또 보았다. 그러다 마주친 눈, 연추는 그 안에서 낯선 기운을 느꼈다.

깊어진 눈 속에 어리는 기운, 강한 기세를 풍기지는 않았지만 꼭 집어 말할 수 없는 무언가가 그에게서 보였다.

'무얼까?

연추는 궁금했다.

꼭 집어 말할 수는 없지만 단지 내기가 달라진 그러한 일이 아니었다. 정체를 알 수 없는 이상한 기운. 저도 모르게 싸늘한 기운이 몸을 엄습해 왔다.

"얻은 것이 있더냐?"

자신은 모르지만 무언가 변화가 있음은 분명해 보였다.

말을 들은 풍의 표정이 밝지 않았다.

그리고 그런 그의 표정은 자신의 변화를 이미 알고 있는 눈치였다.

“말씀드리기는 곤란하나, 분명 얻은 것이 있긴 합니다.”

담담한 목소리가 흘러나왔다.

얻은 것이 있다 했다.

‘무엇인가?

그러나 저 얼굴의 표정이 말할 수 없는 사정이 있음을 강변하고 있었기에 연추는 더 이상 물을 수가 없었다.

생각에 잠긴 듯 다시 뭔가에 골몰한 풍을 보며 연추가 자리에서 일어섰다.

“좀 더 쉬어라. 필요한 것이 있으면 말하고.”

연추가 그의 어깨를 두드려 준다.

평범하진 않지만 어찌 되었든 뭔가를 얻고 깨어났다니 일단은 그것으로 되었다.

‘급할 것 없으니 차차 지내면서 살펴보면 될 것.’

연추가 한숨 돌린 표정으로 방을 나섰다.

홀로 남은 풍이 다시 눈을 감았다.

하얀 이를 드러내고 자신을 바라보던 존재, 붉고 요요하던 그 눈이 머리를 떠나지 않았다.

사악한 미소에 어린 것은 분명 친밀감. 어째서 그런 일이 자신에게 일어났는지 그는 이해할 수 없었다.

내단의 영향인지 아니면,

'아니면 무엇일까?'

정리되지 않는 생각에 혼란만 더했다.

다시 깊은 한숨을 내쉬고 풍이 자리에서 일어났다. 약간의 현기증이 일었지만 곧 적응이 되었다.

가슴을 펴고 허리를 곧추세웠다. 한 걸음 내딛다가 앞으로 방문이 보였다. 다시 걸음을 내디디려다 생각을 바꿨다.

마음이 일자 몸이 어느새 문에 가 닿아 있다. 빠르고도 표홀한 신법. 혹시나 했지만 역시 단순한 꿈은 아니었던 모양이다.

'마탑(魔塔)……'

모든 것이 그저 꿈은 아니었다.

*　　　*　　　*

시(時)는 여수(如水)라 머문 듯 흘러가니, 계절은 주야를 가리지 않고 오고 또 간다.

쌓인 눈을 걷던 계집아이가 봄꽃을 따고, 여름날 먹 감던 소년들은 밤을 따러 다니니, 풍이 회에 들어온 지도 어언 일년이 훌쩍 넘어갔다.

온 세상을 붉게 수놓은 단풍, 만산홍엽(滿山紅葉)은 낙양이라 예외가 있을 리 없으니 실로 아름다운 계절, 가을은 낙양에서도 그렇게 익어가고 있었다.

낙양에서 능히 세 손 안에 꼽힐 수 있는 이름난 객잔이자 흑운회의 본거지이기도 한 조양객잔(朝陽客棧), 그곳 뒤뜰에서 두 명의 사내가 손을 나누고 있다.

양광을 받아 번뜩이는 병기의 날 빛이 하얀 잔광을 흩뿌리며 경쾌한 소리를 일으켰다.

자신의 어깨를 노리고 무거운 기세로 다가오는 도. 연추는 검배로 도를 쳐내고 역으로 다시 검을 뻗어 역공을 가했다.

그러나 가슴의 요혈을 노리던 그 검이 채 펴지기도 전에 어느새 돌아온 풍의 도에 검로가 막혀 버렸다.

채앵~!

맑은 쇳소리가 울리고, 그 뒤를 이어 은은한 공명이 뒤를 따른다.

여음은 길게 이어지고, 반발에 일어난 탄성이 연추의 검을 휘청거리게 하니, 검이 반호(半弧)를 그리며 공중에서 춤을 추었다.

손안에서 요동치는 검병. 공력을 담지 않았음에도 전해지는 힘이 보통이 넘었다.

“으라차!”

어딘가 과장된 기합성이 연추에게서 나왔다. 이어 검을 쥔 손을 재빨리 아래로 끌어 탄성을 해소하더니, 휘둘러지는 여세를 이용해 다시 일검을 쳐냈다.

파르르 떨리는 검극과 뱀처럼 꿈틀거리며 출렁이는 검신, 대기를 가르며 독기 품은 뱀처럼 풍을 향해 쏘아졌다.

독아(毒牙)를 드러낸 독사의 맹공에 풍의 눈빛이 진중해진다.

내기는 담겨 있지 않았으나 변화는 무섭다.

검은 하나이로되, 물어오는 뱀은 수십여 마리이니 그 검에 내공이 실리지 않았음을 누가 믿을까.

허공을 지나 검(劍)은 뱀이 되었고, 그 날카로운 이빨이 옷깃에 닿을 때, 멈추어 있던 풍의 도가 준동을 시작했다.

예측과 판단을 무시해 버리는 도의 움직임, 쉬는 듯 멎은 듯 멈추어 있다가 일순간 한 치의 틈을 노리고 섬광처럼 공간을 자르고 들어왔다.

풍의 도는 일정한 형식이 없었다.

어긋난 불균형 속에 날카롭게 파고드는 도의 공세는 형(形)과 격(格)을 뛰어넘는 무형식의 미가 존재했다.

그래서 단조롭고 투박한 그의 도세 속에는 직접 검을 마주 대하지 않으면 알 수 없는 그런 아름다움이 있었다.

화려한 검세에서 오는 미감(美感)과는 다른, 또 다른 형태의 미감. 연추의 독아는 허공을 물었고, 풍의 도는 그 뱀들의 허리를 잘라냈다.

근 반 시진에 가까운 대련. 쉬지 않고 움직이기엔 결코 짧지 않은 그 시간을 둘은 땀을 흘려가며 열심히 부대꼈다.

내공을 담지 않고 벌이는 비무라 순수한 육신의 힘으로 반 시진을 싸웠다.

물론 검에 경력을 담지 않는다고 해서 몸속 내기가 완전히 잠드는 것은 아니기에 일반인들처럼 쉬 지치는 것은 아니겠지만, 그래도 힘든 것은 힘든 것이었다.

가쁜 호흡을 가다듬으며 연추는 풍을 쳐다보았다.

하루가 다르고 이틀이 다르다.

불과 반년 전 여유를 두고 관찰할 수 있었던 풍의 도가 이제는 거의 자신과 비슷한 경지로 올라서 있다.

'아니, 어쩌면.'

그래, 모를 일이다. 어쩌면 이미 자신을 넘어섰을지도.

그 근원이 내단이 되었든, 아니면 그의 타고난 자질이 되었든 풍은 모든 면에서 다른 이가 되었다.

고금에 없던 일이라 판단을 미루고는 있지만 성취가 자신의 예상을 훨씬 넘은 것은 분명한 일이었다.

비록 낭인이라 하나 연추의 무위는 결코 가볍지 않음이니, 그의 사부 흑라독검이 그랬듯이 그 또한 강호 고수의 위(位)에 한자리를 차지하고 있었다.

구주칠검(九州七劍).

강호를 대표하는 칠 인의 대검객. 연추는 그 속에 당당히 자신의 이름을 올려놓고 있었다.

무림에 검을 쥔 자 한둘이 아닐 것이요, 그중 고수는 또 얼마나 많을까.

그 많은 검수 가운데서 고르고 골라 붙여준 이름이니, 그 명성은 단연코 낮지 않음이 있었다.

그런 연추가 풍을 자신과 동등하다 여겼다. 어쩌면 위일지도 모른다 생각했다.

누가 들으면 웃고 볼 일이었지만, 연추는 자신의 판단이 틀리지 않았음을 알았다.

경세(警世), 조만간 세상은 놀랄 것이다.

나이 서른이 안 된 젊은 청년의 도에 무림은 요동칠 것이다.

아직 세상은 모르나 그것은 분명한 사실. 풍을 보는 연추의 표정에 웃음이 맺혔다.

"훌륭했다."

흡족한 웃음에 만족스런 고갯짓이 절로 나왔다.

음울한 기운에 냉기 가득한 표정으로 처음 말을 걸던 연추, 풍은 그 차가웠던 첫인상을 지금도 기억한다.

강하며 또한 냉정했던 사내, 그러나 그 속 깊이 내재한 잔정 또한 그의 본성이니.

그를 잘 모르는 자, 그를 사신 대하듯 하지만 그를 아는 자, 그를 세상에서 가장 뜨거운 사내로 손꼽았다.

연추가 자신을 보고 웃는다. 그리고 그 웃음의 의미가 어떤 것인지를 풍은 또한 안다.

그래서 그도 웃는다.

짙은 눈빛과 깊은 뺨의 흉터로 가려진 속 깊은 정, 그의 만족이 곧 자신의 만족이기도 하기에.

지금은 그것으로도 족했다.

"모처럼 땀을 흘렸더니 꽤 출출한데?"

연추가 배를 만지며 고픈 시늉을 했다.

"먼저 들어가십시오. 곧 따라가겠습니다."

"그럴까?"

흰 이를 드러내고 씩 웃는 연추. 손을 들어 흔들어 보이고는 자리를 뜬다.

안으로 들어서는 연추의 뒤를 보던 풍이 눈길을 아래로 돌려 자신의 도를 보았다.

세상이 달라졌다.

분명 자신이 발 딛고 서 있는 세상인데, 보이고 들리고 느껴지는 것이 달랐다.

분명 일관되게 흘러가는 시간인데, 그 시간의 흐름마저 의지에 따라 한없이 느려졌다 빨라지곤 했다.

일순간에 찾아온 막대한 변화, 그리고 달라진 세상. 그러나 바뀐 것은 세상이 아니라 자신임을 그는 잘 알고 있었다.

의지를 품자 도 끝에 희미한 기운이 맺혔다.

물속에 풀어진 실타래처럼 하늘거리며 일렁이는 기운. 다른 사람은 볼 수 없지만 자신에게는 보인다.

살짝 손을 틀어 도를 드니 연붉은 기운이 형체를 갖춰가기 시작했다.

일렁이던 기운은 맑은 물처럼 투명한 빛을 품었고, 도신을 타고 올라와 도의 전체를 감쌌다.

찬연한 홍광으로 빛나는 도. 보지 못한 자, 그 광채를 표현할 수 없는 그것은 강호인들이 꿈에도 그리는 무의 경지, 강(罡)이었다.

＊　　　＊　　　＊

따뜻한 물에 전신이 녹아내리는 것 같다.

긴장을 유지했던 근육이 더운 물을 만나 숨통을 틔우니 시원한 느낌에 노곤해진다.

땀도 씻을 겸 목욕을 하고 나오자 회의를 입은 청년이 기다리고 있었다.

예전 혹시 동생 이름이 허서(許西)가 아니냐는 풍의 농담에 놀란 눈을 하고 얼굴을 붉히던 청년 허동(許東)은 동생을 닮았다.

비슷한 나이에 날카로운 검까지, 지나치게 예를 차리는 모습이 좀 부담스럽긴 했지만 그럼에도 정이 많이 가는 것은 어쩔 수 없는 일.

나이 올해 스물셋이니 풍과는 별로 차이가 많은 것은 아니었지만, 사부의 사제라는 이유로 허동은 그에게 꼬박꼬박 존장 대우를 해주었다.

어린 외모에 동안까지 물정 모르는 순진한 청년의 상을 가진 그, 하지만 그 속에 감쳐진 표독스러움과 날카로움을 아는 이는 그를 함부로 대하지 못했다.

회묘(灰猫)라는 별호로 낭인계에서 나름의 입지를 굳혀가고 있는 청년. 눈빛을 빛낼 때의 그는 별호처럼 딱 잿빛 고양이였다.

"회주께서 출정 준비를 하라고 하셨습니다."

"출정?"

"예, 지금 손님을 맞이하고 계신데 아마 일이 있는 듯합니다. 제대로 여장을 꾸리라고 하셨으니 여정이 긴 모양입니다."

“그래?”

연추는 바빴다.

이런저런 일로 늘 시간에 쫓기는 사람이었다. 가끔 좀 전처럼 대련을 할 때나 회의 일로 자신에게 일을 맡길 때를 제외하면 그의 얼굴을 보는 것이 용이한 것은 아니었다.

“제가 대충 준비는 했습니다만…….”

허동이 그새 또 짐을 챙겨놓은 모양이다.

“또? 하지 말라니까.”

장난치듯 정색을 하며 풍이 허동을 나무랐다.

그냥 웃고 마는 허동, 순박한 저 모습에서 다시금 생각나는 동생이었다.

풍은 잘 시키지 않는다.

익숙하지도 않거니와 남에게 맡기는 것이 부담스럽기도 해서 가급적이면 자기 손으로 웬만한 일은 다 해결하려는 성향이 있었다.

그러나 허동은 시키지도 않는 일을 잘도 했다.

부지런한 것인지, 아니면 자기 말처럼 좋아서인지는 모르나 말을 들을 때면 거의 대부분 준비를 이미 마쳤을 때가 많았다.

의복을 정제하고 허동을 따라 회의장으로 가니, 연추가 덩치 큰 중년 사내 한 명과 이야기를 나누고 있었다.

앉아 있어 전신을 볼 순 없었지만 호목(虎目)에 굵은 목, 그리고 넓은 어깨가 범상치 않은 기세를 과시했다.

가볍게 목례를 하니 연추가 반가이 맞으며 자리를 권했다.

"인사드리거라. 이분은 무림맹 관정당(觀正堂)의 당주를 맡고 계신 팽립(彭立), 팽 대협이시다."

연추의 소개말에 팽립이 풍을 쳐다보았다.

"풍이라 합니다. 뵙게 되어 영광입니다."

정중한 인사, 그러나 풍이 인사를 건넴에도 팽립은 반응이 없었다.

슬쩍 아래위로 풍을 살피더니 이내 고개를 돌려 버린다.

무언가 언짢은 표정, 살짝 불편해하는 풍을 두고 팽립이 마치 들으라는 듯 연추에게 큰 소리를 내었다.

"연 대협께서 평소 무림맹을 위해 애쓰신 부분이 많다는 것은 이 팽 모도 잘 아는 바입니다. 저 역시 연 대협께 도움을 입은 바 적다 말할 수 없구요."

맡은 존칭이나 어투가 거칠다.

붉은 얼굴, 씰룩이는 안면 근육이 지금 그의 심기가 편하지 않음을 보여주고 있었다.

팽립, 본래 성정이 불같고 도(刀)가 거세 적안패도(赤顔覇刀)라 불리는 그는, 하북팽가를 대표하는 도객 중 일인이었다.

의협심이 강하고 사마외도를 병적으로 싫어했기에 큰 덩치만큼이나 강한 정의감으로 강호에 꽤 무명(武名)을 날리고 있었다.

그러나 한편으로 외곬의 성격 또한 강해 친한 친우만큼 많은 적을 두기도 하는, 실로 극과 극을 오가는 극단의 사내였다.

그런 그가 연추를 향해 따가운 시선을 보내고 있었다. 주먹이라도 꽉 쥐었는지 팔뚝에 힘줄이 꿈틀거리며 솟아올랐다.

"하나! 이번 일은 실로 납득이 되질 않습니다!"

굵은 목소리가 우렁차게 집무실을 울렸다.

"십여 년 만의 일입니다. 사안이 그리 단순한 일이 아니라는 것입니다. 그런데 사제라니요? 직접 나선다 해도 모자랄 판에 저런 새파란 청년을……."

붉은 얼굴에 일어선 수염이 마치 신화 속 역사(力士)를 보는 듯했다.

내공이 실렸다면 눈빛만으로도 상대를 죽일 기세. 팽립은 자존심이 상해 있었다.

―무(武)는 협(俠)이고 의(義)다.

팽가는 대대로 협의를 존중하며 살아왔다.

가문 유전의 큰 체구에 맞게 그들은 항상 대의를 품었고, 협의에 그들의 목숨을 기꺼이 버려왔다.

도문제일가(刀門第一家)를 이루는 과정에 어찌 어려움이 없었을까마는, 닥치는 시련과 고난 속에서도 협과 의 두 글자는 절대 버릴 수 없는 불변의 명제였으니, 과거에도 현재에도, 그리고 다가올 미래에도 그것은 변하지 않을 그들의 신념이었다.

그래서 팽립은 낭인을 멸시했다.

사나이, 의지로 살아 비록 당장 죽을지언정 그 뜻을 바르게 폄이 옳은 일일 것인데, 낭인이라는 족속들은 싸구려 철전 몇 닢에 숭고한 의를 팔아넘긴다.

정(正)의 기치 아래 대망을 품고 살아야 할 삶이 무인의 그것일 것인데, 그들에게는 이(利)와 물(物)이 있을 뿐, 뜻도 정도(正道)의 가치도 없다.

서 푼 재주로 추한 물질의 노예로 사는 자, 그것이 팽립이 보는 낭인이었다.

연추, 그의 검경(劍境)은 인정한다.

하지만 그래봐야 한낱 낭인일 뿐이다.

돈 몇 푼에 움직일 수 있는 벌레와도 같은 자, 그것이 지금 자신 앞에 앉아 보기 싫은 웃음을 띠고 있는 저자의 본질이다.

'그런데 감히.'

일은 현실이라 어쩔 수 없이 보고는 있으나, 하찮은 인간과 마주 앉아 부탁하듯 말하고 있는 자신이 수치스럽기만 하다.

무림맹은 단일 세력으로는 중원 제일의 단체다.

정도 대소 문파 삼백여 개가 모여 이루어진 단체. 가히 중원 무림 그 자체라 해도 손색이 없을 것이었다.

문제는 그 외연이 아니라 실체에 있었다.

정도 무림을 하나로 묶었기에 그 구성원의 수나 질적 수준은 분명 최고라 할 수 있었다.

하지만 그러한 무림맹에는 구체적으로 드러나는 실체가 없었다.

맹의 운영은 각 문파의 후원금과 인재 지원으로 이루어진다.

필요한 만큼의 자금이 모였고, 필요한 만큼의 사람 수가 충당되었다.

그렇게 십시일반(十匙一飯)으로 모인 자금과 인원은 맹의 필요에 따라 다시 세부화되고 조직화되었다.

겉으로 보기에는 잘 짜인 조직, 그것이 일반 사람들이 보는 무림맹의 모습이었다.

그러나 들여다보면 달랐다.

강호에서 가장 중요한 것은 사람, 곧 무인의 양과 질이다.

돈은 그것을 지켜가고 개선해 가기 위한 하나의 수단일 뿐, 그것 자체가 최고의 가치를 지니는 것은 아니었다.

그래서 무림맹에는 늘 사람, 즉 인재가 모자랐다.

무림 제파에서 보내는 무인들이 있으나 그것은 늘 유동적이었다.

맹도 중요하지만 진실로 중요한 것은 자기 문파의 안위와 생존이니, 각 파의 사정에 따라 들고 나는 인원의 유동이 무척이나 심했던 것이다.

여유가 있는 자금과 모자란 무사의 수, 그것을 해결하기 위한 하나의 방책으로 등장한 것이 낭인을 사는 것이었다.

"믿으십시오."

"연 대협!"

붉어진 얼굴로 자신을 노려보는 팽립을 보며 연추가 잔잔한 음색으로 말을 꺼냈다.

"믿으셔도 됩니다. 보기에 어리고 약해 보일지 모르겠으나 결코 만만한 아이는 아닙니다. 큰 도움이 될 아이이니 믿고 데려가십시오."

화난 듯 보이는 팽립과는 다르게 연추는 차분한 미소로 그를 대했다.

그가 화난 이유를 연추는 안다.

그리고 그의 성향이, 성정이 어떤 것인지도 연추는 잘 알았
다.

성질만으로 따진다면 결코 팽립에 뒤지지 않을 연추였다.
하지만 그는 한 회의 수장. 사적 감정으로 일을 틀어버릴 정
도로 마음이 가벼운 것 또한 아니었으니, 차분하게 팽립을 대
하며 그를 다독이는 연추였다.

"연 대협!"

그러나 팽립은 다르다.

낭인을 씀이 마음에 드는 방식은 아니었지만 무림의 대의
를 위한 것이기에 속으로 삭이는 그였다.

싫었지만 그만한 가치가 있다 여겼기에 지금껏 온 것이다.

그 모든 것의 전제는 실력, 즉 낭인의 무위.

하지만 지금의 상황은 그 전제가 무너져 내린 상황이다. 화
를 감출 이유가 없었다.

쾅!

팽립이 양손으로 탁자를 치며 자리에서 일어섰다.

"저런 애송이나 데려가자고 이곳까지 일부러 찾아온 것이
아니란 말입니다!"

이글거리는 눈빛에서 피어오르는 것은 분명한 살기. 싸늘
해진 방 안으로 예리한 기세가 서리서리 피어났다.

그간 더러워도 삭여왔던 마음이다.

이 악물고 참아왔던 마음이다.

그러나 농락은 용납할 수 없었다.

팽립은 자신의 분한 감정을 숨기지 않았다.

"믿으십시오."

그러나 연추는 차분했다.

자신을 압박하는 기세를 느꼈는지 못 느꼈는지 그의 표정
은 한결같이 여유로웠다.

담담했고, 고요했다.

"책임을 지셔야 할 것이오."

"물론입니다."

"절대 그냥 넘어가지 않을 것이오."

"알고 있습니다."

"끄응."

마음에 들진 않지만 연추의 태도를 보니 더 이상의 대화는
무의미해 보였다.

화를 삭이는 소리를 내며 자리를 박차고 나가던 팽립이 지
나치는 눈길로 풍을 보았다.

나이라고 해봐야 고작 스물 중반, 명문 대파의 제자도 아
닌, 기껏해야 조금 이름 날린 낭인 검객의 제자.

무엇을 기대할 것이 있을까.

팽립은 설레설레 고개를 저으며 자리를 나섰다.

"성질 더럽지?"

팽립이 회의장을 나서자마자 연추가 풍을 보며 씩 웃었다.

"보통은 아닌 듯합니다."

풍이 마주 웃으며 팽립이 나간 문을 바라보았다.

"그래도 몇 남지 않은 진정한 협사다. 남들 어렵고 싫어하는 일에 솔선해서 나서기도 하는 도량도 있는 자이고. 비록 큰 세가의 사람이라 오만함과 선민 의식이 약간 있긴 하다만 그의 바른 성정이 그것을 상쇄하고도 남음이 있으니, 풍아, 네가 잘 도와야 할 것이다."

"네, 사형. 그리할 것입니다."

연추가 흡족한 듯 고개를 끄덕였다.

정황상 쉬운 일은 아닐 것이다.

십여 년을 이어졌던 무림의 평화기가 어쩌면 이번 일로 끝날지도 몰랐다.

끝이 아니라 시작이 될 수도 있을 일. 그러나 연추는 그 속에서 작은 기회를 엿보고 있었다.

난세는 혼란을 일으키고 혼란은 새로운 질서로 이어진다.

'새로운 질서.'

당장은 아니겠지만 곧 올 것이라 믿는 세상. 연추는 그 중심에 서 있을 그 누군가를 그려보았다.

아직은 자신의 가치를 제대로 모르고 앉아 있지만, 새로이 무림사를 써 나갈 것이라 굳게 믿고 있는 사람.

"일어서자. 갈 길이 멀 것이니 준비 단단히 하고."

연추는 풍의 무사를 기원했다.

*　　*　　*

"준비를 마쳤습니다."

무림맹 남문 입구에서 팽립을 기다리던 팽후(彭厚)가 다가오는 팽립에게 보고를 했다.

사적으로는 가문의 사촌동생이자 공적으로는 관정당의 수하이기도 한 그는, 벌써 삼십여 년을 함께해 온 인생의 동지이다.

팽립이 당의 바깥일을 도맡아 처리하는 역할이었다면, 그는 당의 내부 일을 맡아서 관리하는 일종의 총관과도 같은 사람이었다.

대충의 표정만 봐도 팽립을 이해하는 팽후, 그래서 다가오는 팽립의 심사가 밝지 않음을 단박에 알아차렸다.

"일이 잘 안 되셨습니까?"

물어보는 팽후의 말에 팽립은 뒤로 돌리는 고갯짓으로 답을 대신했다.

팽립의 시선을 따라 뒤를 보자, 젊은 청년 둘이 팽립의 뒤를 따라오고 있었다.

각각 흑의와 회의를 입은 청년들, 약간 날카로워 보이는 회의청년이 눈에 먼저 들어왔고 흑의청년은 존재감조차 미미해 보였다.

"누굽니까? 연 회주는요?"

둘을 끝으로 더 보이지 않는 사람, 팽후가 연추의 행방을 물었다.

"배가 불렀던가 간이 커진 게지. 절대 그냥 넘어가지 않을 것이야."

화난 목소리로 한마디 내뱉고는 팽립이 자신의 말에 올라 탔다.

"설마?"

팽후의 말에 팽립은 말이 없었다.

"진정 저 둘이 전부라는 것입니까?"

팽립이 말고삐를 단단히 쥐었다.

"말이나 두 마리 내와. 따라오든 말든 알아서 하라 하고."

팽립의 차가운 목소리가 남문 앞을 울렸다.

여분으로 준비해 두고 있던 말이 두 청년에게 건네지자, 불편한 기색이 역력한 팽립이 출발 신호를 내렸다.

"가자."

삼십여 기의 인마가 서서히 이동을 시작했다.

무림맹의 일반적인 백색 복식과는 다른 짙은 남색의 무복, 동여맨 머리띠엔 정(正) 자가 흰색 실로 수놓여 있다.

관정당, 무림맹의 대외 활동 조직이자 실질적인 무력군. 비록 소수이나 엄선된 무재로만 구성되어 있었기에 그들이 가진 대외적 상징성은 실로 크다 할 것이다.

강호는 국가가 아니어서 정파와 사파의 구역 경계가 따로 있을 수 없다.

한 지역 안에서도 정파와 사파는 서로 공존을 했다. 다만 사파는 그 정체성의 특이함 때문에 대놓고 드러내지를 못하고 있을 뿐, 지역에 따른 정파와 사파의 구분이 명확한 선으로 존재하는 것은 아니었다.

거대 문파 간의 충돌은 그 빈도가 낮았지만 중소 문파 간의 다툼은 그 빈도가 적지 않았다.

때로는 사파가, 때로는 정파가 우위를 점하며 물고 물리는 형세가 끊임없이 이어지는 속에 폐문이나 멸문의 상황도 심심찮게 나오곤 했다.

관정당은 바로 그런 정도 문파들의 형세를 돕기 위해 조직된 것이었다.

상시 인원은 오십이었으나 실제 운용되는 인원은 삼십 남짓. 중원은 넓고 사건은 잦기에 늘 인원 부족으로 힘들어하는 것이 관정당의 일상이었다.

혹운회가 하는 주요 일감 중의 하나가 바로 그러한 관정당의 일을 돕는 것이었다.

사안의 중요도에 따라 파견되는 관정당의 인원수는 변화가 있었다.

맹의 이름이 필요한 자리에는 한둘의 당원만이 나서기도 했고, 다툼의 세가 클 경우엔 절반 이상의 당원이 나설 때도 있었다.

그리고 부족한 그들의 여백을 채워주는 것이 흑운회 낭인들의 임무였다.

십여 년 전, 세상이 전란에 휩싸이기 전에는 흑운회 고수 대부분이 동원돼 나가야 할 일도 종종 있었다.

그러나 전란 후 다툼은 줄었고, 각자 자신들의 내실을 다지느라 분주한 시기였다. 잠시였으나 평화를 유지하던 무림, 그런데 마침내 큰일이 터진 것이다.

"소주(蘇州)로 간다 들었습니다."

풍의 옆에 붙어서 말을 달리던 허동이 돌아가는 사정을 이야기했다.

"소주?"

"네. 근래 그쪽 정세가 심상치 않은 모양입니다. 태일문(太

一門)이라고, 소주를 넘어 절강 전체에서도 손꼽히는 문파가 있는데 얼마 전 회복 불능의 타격을 입었다 들었습니다."

"상대는?"

"그것이 애매합니다. 항주나 소주는 다시 일러 말할 필요가 없는 대도(大都)이지 않습니까? 자리 잡은 문파 수만 해도 수십이 넘고, 게다가 서로서로가 은원으로 엮인 곳이 많다 보니 딱히 밝혀진 것도 없고 밝히기도 어렵다 합니다. 다만."

"다만?"

"태일문 제자들의 말이 흉수의 무공이 기이하고 사이했다 하니 흉수가 아마도 사파 쪽과 관련되지 않았을까 추측하는 정도랄까요."

"피해자만 있고, 나머진 제대로 드러난 게 없다?"

"그렇죠."

관도를 다니는 사람들이 질주하는 인마에 놀라 황급히 자리를 비켜주었다.

무공만이 아니라 기마술에도 뛰어난 이들이어서 사고가 생기긴 않을 것이지만, 모르는 평민들은 지나치는 말 엉덩이에 대고 욕을 하느라 바빴다.

"사상자만 백에 가깝다 들었습니다. 보통 일은 아니지요. 아무래도 꽤 범상치 않은 일이 기다리고 있을 것 같습니다."

"특별히 짚고 가는 곳은 없고?"

"그게 애매한 것이, 소주처럼 큰 대도는 문파 간, 특히 정사 간의 세력은 서로 비등하다 봐야 합니다. 한쪽으로 쏠리게끔 버려둘 수 없는 곳이니까요. 태일문은 그중에서도 덩치가 큰 축에 속하는데, 당했다는 거지요. 소주의 사파가 연합했다손 치더라도 그리 쉽게 당할 곳이 아닌데 말이죠. 일단은 세력이 큰 곳부터 훑어갈 모양이던데 그리 만만하진 않을 것입니다. 이쪽만 세력이 있는 것은 아니니까요."

허동의 설명을 듣고 나니 예상은 했지만 생각보다 큰일인 듯했다.

연추를 따라 풍은 몇몇 일에 참여한 적이 있었다.

다툼이 있는 일이었지만 일의 대부분이 사소한 것들이어서 딱히 그 자신이 할 일은 없었다.

그런데 처음으로 연추가 빠진 채 맡게 된 일, 그 비중이 가볍지 않아 보여 슬쩍 걱정도 되었다.

'별일 없길 바랄 수밖에.'

풍이 달리는 말에 속도를 높였다.

낙양에서 소주까지는 말을 달리더라도 가까운 거리가 아니다.

며칠을 밤새워 달려야 도착할 곳이니 달려가는 이들의 마음은 급함이 앞섰다.

소주에 다다르기 전날, 몸 상태를 제대로 유지하기 위해 객잔에서 하루를 쉴 것을 제외하면 계획된 여정은 노숙의 연속이었다.

먼지가 쌓이고 그 먼지만큼의 피로가 쌓이는 여정이 며칠을 계속 이어졌다. 불편한 잠자리와 부실한 음식으로 말을 재촉해 달려가는 것이 참으로 힘들다 여겨질 무렵, 일행은 겨우 소주를 목전에 둘 수 있었다.

넘치지는 않으나 모자람 역시 없는 객잔, 편안한 잠자리와 음식에 대한 기대로 관정당 무사들과 풍의 일행은 모처럼 느긋한 마음을 가질 수 있었다.

특히 허동은 쉽지 않았던 그동안의 여정에 아예 질려 버렸던지 그 도가 더한 눈치였다.

"아, 이제야 한숨 돌리겠구나."

객잔을 들어서며 허동이 기지개를 켰다.

다소 과장된 행동, 풍은 그런 허동의 마음을 이해했다.

여정이 힘들었음은 당연한 것이지만 허동이 저러는 것은 힘들었던 여정 때문만은 아니었다.

팽립을 비롯한 관정당의 대접, 그 기본에서 문제가 있었다.

서로 처음 보는 사이들이니 살가운 대접을 바라지는 않았다.

하지만 최소한의 대우라는 게 있다.

그러나 그와 허동은 그 최소한의 대우에서 항상 예외였다.

함께 있으나 마치 없는 사람처럼 대접받았다.

누구도 자신들에게 말을 걸어주는 이가 없어 대화는 늘 둘만의 것이었고, 간단한 일정조차 따로 듣지 못해 대상을 따르는 낙타처럼 언제나 일행의 꼬리를 물고 따라 움직여야 했다.

몇 번 허동이 발끈해서 나서는 것을 풍이 말렸다.

어차피 일 관계, 서로 얼굴 붉힐 필요는 없었기 때문이다.

"아우, 징글징글하구나."

허동의 말에 관정당 무인 몇몇이 눈빛을 빛냈다.

시작부터 틀어진 관계, 앞으로가 더 걱정이 되는 풍이었다.

배정받은 방에 들어 짐을 풀고 있는데 팽후가 풍을 찾아왔다.

여정 내내 말 한마디 없이 둘을 무시해 버리던 자인데 무슨 일인지 둘을 찾아온 것이다.

짐 풀던 자세 그대로 엉거주춤 쳐다보자 팽후는 무심한 눈으로 둘을 바라보았다.

"너희 둘, 따라오도록."

그리고 돌아서는 팽후. 그의 등 뒤로 찬바람이 일었다.

별것 아닐 수도 있는 말, 하지만 그동안 쌓인 게 많았던 허동은 그 말이 예사롭게 들리지 않았다.

"너희 둘? 따라오도록? 참 내, 내가 지 쫄따구야, 뭐야?"

분명 들으라는 말. 방을 나가려던 팽후가 천천히 몸을 돌렸다.

팽후가 허동을 매섭게 쳐다보았다. 굳은 그의 얼굴에 어린 것은 분명 싸늘한 감정.

"죽고 싶은 게냐?"

협박으로만 들리지 않는 말이 팽후의 입을 통해 흘러나왔다.

뜬금없는 긴장감이 실내에 스몄다. 그러나 허동은 기죽을 위인이 아니었다.

한쪽 고개를 살짝 누이며 허동이 삐딱한 말투로 한 자 한 자 끊어 그를 칭했다.

"부.당.주.님. 말투가 참 재미있으십니다. 헌데 어쩌죠? 난 당신 쫄따구가 아닌데."

불량기 어린 말투와 표정, 영락없는 시정잡배의 모습이다.

허동은 착하고 예의가 발랐다.

풍을 깍듯이 대했고, 얼굴엔 언제나 웃음이 가득했다. 순한 인상에 생글거리는 것이 꼭 어린 고양이를 보는 것 같았는데, 지금의 허동은 자신이 아는 그 허동이 맞나 싶게 보여주는 모습이 달라도 너무나 달랐다.

건들거리며 다가서는 허동과 멎은 듯 허동을 노려보는 팽후, 그의 눈썹에 힘이 들어가며 그의 오른손이 움찔거렸다.

"또 왜 그래?"

풍이 나직이 허동을 불러 세웠다.

"사숙, 그게 그런 게 있습니다."

시선은 여전히 팽후에게 둔 채 허동이 말을 했다.

"나이는 저자가 많을지는 모르겠지만, 이 자리는 나이로 사람을 따지는 자리가 아니거든요. 우린 저자의 수하가 아니란 말입니다. 우린 정당한 대가를 받고 일을 하러 온 것이고, 때문에 저자는 그런 우리를 밑 사람 취급하면 안 된다는 거죠. 이거, 분명히 짚고 넘어가야 할 일이거든요."

차가운 표정의 허동이 명백한 적의를 팽후에게 보였다. 여차하면 검이라도 날릴 기세. 허동은 명백히 싸움을 걸고 있었다.

대치한 둘을 풍은 가만히 보고 있었다.

허동의 수가 낮지는 않으나 그가 팽후의 상대가 되지 못함은 분명한 사실이다.

그리고 그런 사실을 허동 또한 모를 리 없었다.

객기? 그러나 허동의 태도는 어리석은 객기가 아니었다. 단순한 불량기의 표출도 아니었다.

정당한 대접과 스스로에 대한 자부심.

허동은 그것을 온몸을 내세워 표현하고 있는 것이다.

태도는 아니나 말은 허동이 한 것이 맞았다.

저들과 그들의 사이는 계약으로 맺어진 일의 동반자이지

상하 복종의 관계는 아니다.

사람의 심리와 태도는 가볍게 흘러나오는 한마디의 말에서도 알 수가 있는 법, 저들이 자신과 허동을 어떻게 생각하는지가 조금 전 팽후의 말에서 다시 확인된 것이다.

자신은 그것을 놓쳤고, 허동은 그것을 잡아냈다.

"정확히 하시죠. 전 그런 대접은 곤란합니다만."

허동이 턱을 치켜들며 가슴을 폈다.

일그러지는 팽후의 얼굴, 노기 띤 이마에 핏줄이 섰다.

전혀 생각지도 않았던 엉뚱한 얘기를 새파랗게 어린놈이 들먹이고 있다. 한낱 조그만 낭인 주제에 시답잖게 대우를 바라고 있는 것이다.

그렇잖아도 마음에 들지 않는 놈들이었다.

관정당이 바란 것은 연추나 흑운회의 고위급 인사들이지 저런 새파란 애기들이 아니었다.

명성을 조금 얻어서인지, 친하게 지내는 맹주를 믿어서인지 직접 나서지 않는 연추도 눈꼴서 화가 났는데, 능력이 안 되면 나서지를 말던가, 뭐 얻을 것이 있다고 주제넘게 따라나서느냔 말이다.

'같잖은 것들.'

일도를 그어 한칼에 베고 싶었다.

하지만 일어나지 않을 일이었다.

팽후는 도의 경지를 이룬 사람이다. 절대의 영역은 아닐지라도 나름의 일가를 이룬 것이 그의 도였다.

분노가 치솟았으나 그는 또한 다스릴 줄을 알았다.

저 어린놈이 무엇을 말하고자 하는지 안다. 꼴에 자존심은 있겠지. 그러나 가슴으로는 공감되지 않았다.

강호의 생리는 힘, 그리고 명분.

비루한 낭인 따위가 내세울 것은 아니었다.

"제 사질의 행동이 지나쳤습니다. 사죄드리죠."

가만히 앉아 둘을 보고 있던 풍이 자리에서 일어나더니 둘 사이로 걸어 들어왔다.

팽후에게 가볍게 목례를 하고는 사과를 전했다.

"사숙!"

허동이 발끈했다.

"너그러이 이해를 하십시오."

"사숙!"

허동이 처음으로 풍에게 목소리를 높였다.

그의 화가 고스란히 보였다. 분명 잘못한 것은 저쪽인데 사과를 한다.

허동은 용납이 안 되었다.

"사숙, 저는……."

풍이 손을 들어 허동의 말을 제지했다. 그러고는 허동과 눈을 맞추었다. 그렇게 잠시를 응시하더니 그는 다시 팽후를 향했다.

"제 사질의 행동이 바르지 못했음을 다시 한 번 사과드리겠습니다. 이해를 하십시오."

팽후를 향하는 풍의 시선이 짙은 음영에 잠겼다.

"그러나 그의 말이 틀렸다고는 생각되지 않습니다."

닫힌 방 안으로 한줄기 바람이 휘돌았다.

"그 점은 정확히 해주셨으면 합니다."

풍은 진중했다.

팽후가 실소를 지었다.

말 그대로 지금 자신이 뭐 하고 있는지 모를 일이었다.

그렇잖아도 일 생각에 머리가 복잡한데 별 허접 쓰레기들이 사람을 귀찮게 한다.

있어도 그만, 없어도 그만인 것들, 맹과 회의 관계 때문에 안고 가고는 있지만 딱히 탐탁치도 않은 것들인데 별 꼴사나운 짓거리를 다 하고 있는 것이다.

"그래서?"

나가는 말이 고울 리 없었다.

"그래서!"

큰 고함과 더불어 강한 기세가 앞으로 쏘아졌다.

귀찮음과 짜증에 내기가 표출한 것이었다.

이것들은 짐이었다. 일에 도움을 받기 위해 함께하는 조력자들이 아니라 일에 방해나 되지 않았으면 하는 짐.

짐은 짐답게 두는 대로 구석에 찌그러져 있으면 되는 것이다.

그런데 자꾸 같잖은 짓을 한다.

손이 자꾸 도병으로 향했다. 가볍게 그어도 베여 넘어갈 것 같은 것들.

팽후는 인내의 한계를 느끼고 있었다.

왈칵 방문이 열리며 팽립이 들어왔다.

엄한 표정의 팽립, 열린 문 사이로 몇 명의 관정당 무사들의 모습도 보였다.

아마도 팽후의 기세를 느끼고 달려온 모양이었다.

팽후가 내뿜던 기세를 거두며 공손히 그를 맞았다.

"후, 너는 나가 있거라."

팽립의 말에 팽후가 잠깐 그를 바라보더니 곧 고개를 숙이고는 방을 나섰다.

그러나 방을 나서는 팽후의 딱딱한 얼굴은 아직 그의 화가 풀리지 않았음을 보여주고 있었다.

"잠시 앉지."

팽후의 기세로 어질러진 방, 팽립이 그 한가운데를 지나 침상 옆 탁자에 앉았다.

차분히 마주 앉는 풍을 보며 팽립이 말문을 열었다.

"난 돌려 말하는 것을 못하니 바로 말하지. 어쩔 거야?"

"무엇을 말씀입니까?"

"말 그대로 어쩔 거냐고. 계속 같이 갈 거야, 아니면 돌아갈 거야?"

"전, 이해가 되지 않습니다. 저흰 대협을 돕기 위해……."

"지랄."

"네?"

"지랄한다고."

팽립의 욕지기에 풍의 안색이 변했다.

팽립은 빈정이 상했다.

돈 몇 푼에 움직이는 것들이 도움을 운운했다.

가진 실력도 별것 없어 보이는데 감히 덜떨어진 낭인 주제에.

"됐고, 돈은 줄 테니 그냥 가봐. 너희 아니라도 신경 쓸 것 많다. 머리 아프기 싫으니 그만 돌아가."

마주하기 싫으나 일은 일이다.

저들과의 관계가 틀어져서 딱히 좋을 것도 없었으니, 그냥 이쯤에서 정리를 하는 것이 맞다 싶었다.

거지에게 적선도 하는데 이것쯤 못할까.

더러운 족속들.

‘그냥 보내고 말지.’

내보내는 손짓을 하던 팽립이 고개를 저으며 자리에서 일어섰다.

“짜증 때문에 말하기도 싫어서 여기까지 오긴 왔는데, 아무리 생각해도 더 같이 가는 것은 무리겠어. 생각보다 쉬운 일은 아닐 것 같은데 혹까지 달고 움직일 수는 없잖아? 그러니 대충 하고 가. 돈은 준다 했으니 걱정 말고.”

팽립이 머리를 저었다.

생각지도 못했던 팽립의 말에 풍은 잠시 혼란을 느꼈다.

여정 내내 보아왔던 찌푸린 얼굴, 그것을 보는 풍은 마음이 불편함을 어쩌지 못했다.

‘지금 이 사람이 무슨 말을 하는 건가?

자신과 허동은 맹의 일을 돕기 위해 왔다.

경험이 많지는 않으나 분명 그들의 일에 도움이 될 것은 스스로가 봐도 분명한 것이었다.

‘그런데…….’

잠시 생각하던 풍이 대충의 의미를 깨닫고는 응대를 했다.

“저희가 혹이란 말씀이지요?”

“그럼 너네 말고 누가 있어?”

"실력도 없으면서 돈 때문에 따라붙은?"

"알긴 아네."

말을 멈춘 풍이 가만히 팽립을 보았다.

생각해 보면 그와 저들은 원수 사이가 아니다.

틀어진 관계는 실력에 대한 불신에서 온 것, 힘을 내세울 필요는 없으나 애써 감추어가며 실타래 꼬듯 비비 틀어댈 필요는 없는 것이다.

쌓인 오해는 풀면 되는 것, 실력에 대한 검증이 뭐 그리 어려우랴.

풍이 자리에서 일어서더니 팽립을 향해 포권을 했다.

"아무래도 저희가 실수를 한 것 같습니다."

"뭐가?"

"생각해 보니 대협이나 다른 분들께서 저희를 꺼리는 이유가 분명 저희에게 있는 것 같군요."

"그야 당연하지. 누가 혹을 붙이고 싶어하겠어."

"제 말 뜻은 그것이 아니라 저희가 혹이 아님을 진작 보여 드렸어야 하는데."

"혹이 아니라고?"

"네, 대협. 저희는 대협께서 생각하시는 만큼 어수룩한."

"그러니까 나름 능력이 있다?"

비꼬는 것인지 놀리는 것인지 말을 자르고 들어오는 팽립.

그는 대화를 하기가 상당히 어려운 사람이었다.

"그렇습니다. 저희는……."

팽립이 인상을 찌푸렸다.

그냥 보내려 했는데 자꾸 엉겨붙는다.

'꼴에 자존심은 있다는 것인가?'

"대협을 도울 능력이 있습니다."

"하하하하하!"

갑자기 터져 나오는 팽립의 대소(大笑), 고개를 한껏 젖힌 채 한참을 웃었다.

팽립은 저들이 우스웠다.

그리고 스스로가 우스웠다.

얼마나 자신이 우습게 보였다면 저런 말이 겁도 없이 나올까.

'돕는다?'

풍을 보는 팽립의 시선이 매서웠다.

'버러지 같은 것들이 상대를 무시해도 유분수지.'

거슬리는 말 한마디에 출발부터 쌓였던 감정이 둑 터지듯 밀려왔다.

덩치에 맞지 않게 소심한 구석이 있는 팽립은 쌓였던 불만이 이성을 넘어서는 것을 느꼈다.

그리고 그의 꼬장꼬장한 자존심은 더 이상의 관계 진전을 허락하지 않았다.

'끝이다.'

관계를 끊어야겠다고 마음먹었다.

맹의 일은 신성한 것, 목적을 위해 수단을 가리지 않았음이 늘 마음에 걸렸는데 아닌 것은 아닌 것. 정리할 것은 정리를 하는 것이 맞는 것이다.

하얀 종이의 밝은 바탕 위에 검은 오점(汚點)은 어울리지 않는다.

흑운회는 정도(正道)의 밝은 길에 뿌려진 더러운 오점, 언젠가는 없애야 할 치부일 뿐이었다.

"꺼져라. 이제 이 일은 너희와 상관이 없는 것. 더러운 종자들과 더는 함께하고 싶지 않구나."

팽립이 축객령을 내렸다.

고개 돌려 외면하는 팽립, 그들과의 관계는 이걸로 끝이 난 것이다.

부족한 것은 차라리 팽가의 힘을 더 동원하면 될 것, 협과 의의 길에 낭인은 어울리지 않는다.

찬바람이 불고, 풍은 한기를 느꼈다.

저들의 자신들에 대한 인식이 안 좋다고는 생각했다. 그리고 그 이유는 자신들의 능력에 대한 불신 때문일 것이라 생각했다.

그런데 꺼지라는 말에 이어 더러운 종자라니?

그는 이해가 되지 않았다.

"일러주십시오. 저희가 무엇을 잘못했는지. 게다가 왜 더러운 종자라 하시는지."

풍의 또렷한 시선이 팽립을 향했다.

"너희는 무엇이냐?"

"저희는……."

"낭인이지."

비린 웃음과 함께 팽립이 풍을 응시했다.

"그게 너희지."

"무슨 뜻입니까?"

"말 그대로야. 낭인 말이야, 낭인. 말귀 못 알아듣나?"

덩치에 어울리지 않게 비꼬는 말투. 느긋하게 의자에 기댄 팽립이 한심하다는 표정으로 풍을 보고 있다.

"협을 아나?"

팽립이 물었다.

"의를 아나?"

팽립이 다시 물었다.

그러나 풍은 어느 것에도 대답을 하지 못했다.

협, 의.

들어는 봤다. 대충 어떤 것이라 감은 있었다.

하지만 그것을 고민해 본 적도, 깊이 있게 생각해 본 적도 없었다.

그것을 고민하고 생각하기엔 지난 삶이 그것들과 너무나 동떨어져 있었다.

어릴 적, 그리고 조금 더 자란 지금까지 그에게 주어진 삶은 당장의 하루를 살아가는 삶이었지 하루 앞을 내다보는 삶이 아니었다.

당장의 시간이 급한 그에게 협이나 의는 일상이 아닌 먼 나라, 딴 세상의 이야기였다.

"그래서 안 되는 거야, 너희 같은 놈들은."

풍을 보던 팽립이 혀를 끌끌 찼다.

차갑게 식은 눈, 얼음 굴 속에 넣었다 빼온 것처럼 시린 한광이 하얗게 다가왔다.

"능력이 있다고? 있겠지. 서 푼 값어치나 나갈까 말까 하는 조악한 뭔가가 있겠지. 아님 나름의 무공이라도 있나? 네놈의 사형이라는 연추처럼, 아니면 네 사부 독검처럼 주제넘는 무공이라도 얼마 갖고 있나? 하! 그래봐야 뭐 하나? 몇 닢 동전에 팔려 나가는 영혼이 빠진 능력인 것을."

팽립의 얼굴에 조소가 가득했다.

"무는 협이고 의다. 진정한 무인은 협과 의를 위해 산다.

너나 네 사형같이 돈에 팔리는 낭인 놈들은 모르겠지만, 참된 무사의 길이란 그런 것이다. 주어지는 대가가 없어도 한줄기 바름에 목숨을 거는 것, 그것이 무인의 삶이요, 이상인 것이다.”

자리를 일어서는 팽립, 무슨 더러운 오물이라도 본 듯 인상을 찌푸렸다.

“하찮은 것들. 대접은 받을 만한 가치가 있는 자들의 것, 알량한 재주 몇몇에 나대는 꼴이 참으로 우습구나. 더러운 똥통의 오물만도 못한 것들이.”

다리에 걸리는 의자를 발로 밀어버리곤 팽립이 몸을 돌렸다.

그러고는 뭐라도 묻은 듯 손으로 옷을 털더니 육중한 걸음으로 문을 향했다.

‘하찮은 것들……’

팽립의 말이 풍의 머리를 떠나지 않았다.

‘그런 것이었던가?’

처음이었다, 타인을 통해 험담을 들은 것은.

‘오물, 그리고 낭인.’

연결될 수 없는 두 단어가 끊임없이 이어져 한 단어가 되고 있었다.

추한 오물의 심상이 떠올랐고, 그 위를 연추의 얼굴이, 그리고 할아버지의 얼굴이 차례로 겹쳐졌다.

'오물, 낭인, 사형, 할아버지.'

손을 내밀며 형제를 바라보던 노인의 주름진 얼굴이 생각났다.

피 흘리며 쓰러지던 노인의 모습이 이어지더니, 무덤 앞에서 깊은 눈물을 흘리던 연추가 떠올랐다.

'협, 의.'

누구보다도 따뜻하고 다정한 사람들, 그들이 함께 묶여 욕을 듣는다.

'협, 의, 그게 무엇인가?'

아무리 생각해도 자신과 그들이 이런 취급을 당해야 할 이유가 없었다.

풍의 얼굴에서 표정이 사라졌다.

"묻겠습니다."

나지막이 들리는 풍의 목소리. 그 시린 여운에 문을 나서던 팽립이 걸음을 멈추었다.

돌아보니 자기 앞의 텅 빈 공간을 바라보며 풍이 서 있다.

초점 잃은 눈, 그러나 무시할 수 없는 힘이 그 속에 있었다.

"한 노인이 있었습니다. 그 노인은 늙고 병약했음에도 전란에 부모 잃은 어린 형제를 거두어주었습니다. 그것은 협입니까, 아닙니까?"

뜬금없는 말에 팽립이 눈살을 찌푸렸다.

"자기 한 몸 건사하기도 힘들었으면서 그 노인은 두 형제 자랄 때까지 음으로 양으로 보살피고 돌보아주었습니다. 그것은 협입니까, 아닙니까?"

숙여 빈 곳을 보던 풍이 고개 들어 팽립을 돌아봤다.

"다쳐 한 달을 누웠으면서, 두 형제 살아가는 데 도움되라고 거동 힘든 몸을 억지로 움직여 형제에게 몸 지킬 방도를 일러주었습니다. 만약, 만약 그렇게 하지만 않았더라면 조금은 더 살 수 있었을지도 모르는데, 정말 그랬을지도 모르는데 그러지 않았습니다. 그 무엇 하나 연결되지 않는 생면부지의 남을 위해 목숨 줄을 당겼습니다."

무채색의 투명한 눈, 풍이 팽립을 직시한다.

"그것은 협입니까, 아닙니까?"

허리를 곧추 세우고 풍이 팽립을 마주했다.

"묻습니다. 당신이 말한 협과 그의 행동 사이에는 무슨 차이가 있는 것입니까?"

답하시오. 그대가 생각하는 협과 의는 과연 무엇인지. 사람은 저마다 살아가는 방법이 있는 것, 남을 위해하지 않았고, 남을 모함하지도 않았고, 주변의 사람들을 위해 자신의 모든 것을 다 바친 사람이 왜 그런 더러운 욕을 먹어야 하는 것인지.

남은 것은 그의 대답. 그러나 팽립은 대답을 않았다.

제대로 들었는지조차 의문이었다.

'그래봐야 쓰레기.'

생각은 그리 쉽게 바뀌는 것이 아니었다. 그것이 누적되어 쌓인 것이라면 더욱더.

침묵은 조금 더 이어졌고, 불편한 기류가 실내를 감돌았다.

"불청객이 온 듯합니다."

침묵을 지키던 풍이 정색을 하고는 말을 꺼냈다.

변함없는 표정, 그러나 그의 말투는 심연보다도 더 깊이 내려가 있었다.

그가 허동에게 눈짓을 하니 허동이 검을 챙기며 주변을 살폈다.

"어찌 되었든 맡은 일은 일단 하지요. 하찮은 낭인이지만 일에 대한 책임감은 있으니까요."

풍이 팽립에게 가볍게 목례를 하고는 곧 자리를 나섰다.

홀로 남겨진 팽립. 무슨 말인지 이해 안 가는 풍의 행동에 잠시 그대로 서 있더니 갑자기 두 눈을 부릅떴다.

날카로운 예기, 그도 무언가를 느낀 것이다.

'설마, 그럴 리가?'

팽립의 커진 눈이 풍이 나간 방문을 뚫어질 듯 쳐다보고 있
었다.

“적입니까?”

“그런 것 같다.”

“그냥 가시죠.”

풍이 달리던 발을 멈추고는 허동을 보았다.

“그냥 가도 뭐랄 사람 없을 겁니다.”

말은 없으나 풍이 보인 것은 분명 질책의 눈빛.

“아닙니다.”

허동이 바로 말문을 닫았다.

처음 보았다, 풍의 흐린 얼굴은.

떠나자 말하고 싶었지만 더는 할 수 없었다.

그랬다. 떠날 수 없는 것이었다.

팽립이 말했던 쓰레기, 그들은 그럴 수 없었다.

그래서 더욱더 남아 있어야 했다.

“얼마나 될까요?”

“오십 남짓. 그중 다섯은 고수.”

풍과 허동은 방을 나와 객잔 지붕에 올라섰다.

밖은 아직 해가 채 지지 않은 늦은 오후였다.

컴컴한 야밤이 아니라 빛이 남은 시간인데도 다가오는 적

들, 무식하던가, 힘에 자신이 있던가.

아무래도 후자 쪽일 확률이 높아 보였다.

팽립의 지시가 내려졌는지 객잔 안이 소란스러웠고, 다급한 발소리와 함께 객잔을 나오는 관정당 무인들이 보였다.

바쁘게 움직이나 허둥댐은 없다.

일사불란하게 객잔 앞에 모이더니 오와 열을 갖추어 자리를 지켰다.

두려움 없는 당당한 모습, 과연 관정당이라는 말이 나올 법도 했다.

관정당 무인들이 자리를 잡는 것과 동시에 객잔 앞 넓은 마당으로 하나둘 적의 모습이 드러나기 시작했다.

검붉은 무복에 붉은 허리띠, 가슴에 새겨진 붉은 글자가 눈에 띄었다.

血(혈).

소주 사파의 대두 혈사방(血死幫)이었다.

"뭔가 이상합니다."

지붕 위에서 눈빛을 빛내며 상대를 주시하던 허동이 혈사방 무인들을 보다 의문을 표했다.

"뭐가?"

"혈사방이 소주 제일의 사파라 하지만 무림 강호의 대문파와 비교해 보면 확실히 손색이 있습니다."

“그런데?”

“간단히 말해서 혈사방 전부가 달려든다 해도 관정당 무인들을 당해내기에는 힘이 부족하단 말씀이지요. 수가 적으나 관정당 무인 개개인의 능력은 이미 정평이 나 있는 것, 그것은 저들도 분명 알고 있는 사실일 겁니다. 그러니 저렇게 대놓고 나타날 이유가 없다는 거지요. 정신줄을 놓지 않은 이상 해서는 안 될 짓을 하고 있다는 겁니다, 지금 저들은.”

허동의 말이 아니더라도 힘의 차이는 풍에게 이미 보이고 있었다. 그리고 허동이 품는 의문도 이해가 되었다.

그러나 허동이 놓치고 있는 것이 하나 있었으니, 풍이 감지한 다섯 고수.

그들은 차원이 달랐다.

“형님.”

“알고 있다, 무슨 말을 하려는지. 보이는 패로 도박을 거는 경우는 없는 법. 뒤로 꿍꿍이가 있겠지.”

판단은 허동만 내리는 것은 아니었다.

팽립과 팽후는 등장한 상대의 정체를 파악한 후 내심 더 긴장을 유지하는 상태였다.

작금의 상황이 다라면, 비록 약간의 피해는 입을 것이나 적을 물리치는 데는 지장이 없을 터였다.

그러나,

"방어진을 짠다. 조급히 나서지 말고 추이를 지켜볼 것이
다."

팽립은 단지 힘만 센 무식쟁이가 아니었다.

명령이 떨어지자 관정당 무인들이 갖추고 있던 진형을 풀
고는 보다 좁은 간격으로 모여들었다.

공세보다는 수세를 염두에 둔 진형. 둔중한 기운이 관정당
무인들 주변을 감싸고 있었다.

풍은 팽립을 내려다보았다.

그리고 그의 눈길을 느꼈음인지 팽립이 고개를 돌려 지붕
위의 그를 바라보았다.

마주 친 시선, 그러나 그곳에 동질감은 없었다.

차고 죽은 시선, 풍의 눈은 더욱 아래로 침잠해 들었다.

"허허허허허."

대지를 울리는 웃음소리, 담긴 공력이 적지 않았음인지 몇
몇 관정당 무인의 안색이 파리하게 변해갔다.

"그래도 바보들의 집합은 아닌 모양이로세."

평범한 말, 그러나 그 한마디 한마디에 담긴 내력이 보통을
넘는다.

두서넛 내공 공부가 약한 관정당 무인들의 입가로 가는 핏
줄기가 흘렀다.

팽립의 표정에 진지함이 엄습했고, 처음으로 관정당 무인들의 동요가 보였다.

서쪽으로 붉어지는 하늘을 등지고 서서히 걸어나오는 다섯 노인, 산보를 하듯 뒷짐을 진 채 걸어오는 모습이 한가하기 이를 데 없다.

그러나 그 한가함은 그들의 것, 바라보는 팽립의 얼굴에서 표정이 사라졌다.

강자(强者).

오직 경지에 든 자들만이 보일 수 있는 여유와 기세. 그들은 여유로웠고, 군중들은 굳어갔다.

자신도 모르게 도병을 만지다 팽립은 다시 한 번 풍을 보았다.

자신도 모를 행동, 그렇게 고개를 올려 바라본 풍은 특별한 다른 움직임이 없었다.

느긋하게 앉아 아래를 내려다보고 있는 모습, 오직 저 지붕 위만 긴장도 두려움도 없어 보였다.

第五章

검붉은 혈사방의 복색과는 달리 타는 듯 선명한 붉은색의 옷을 입은 다섯 노인. 느긋해 보이는 몸가짐과는 다르게 그들의 눈빛은 매섭고 날카로웠다.

각자의 외모는 달랐다. 키가 크고 마른 자, 작고 살찐 자. 계피학발의 추한 용모를 가진 자, 선비처럼 고아한 풍취가 어울리는 자, 그리고 이웃집 노인처럼 극히 평범한 자까지.

하지만 몸에서 풍겨 나오는 무섭고도 그늘진 기세는 그들 다섯 노인을 모두 같은 사람인 것처럼 만들고 있었다.

다섯 노인은 무형의 기세를 서리서리 발산하며 느린 걸음으로 서서히 관정당 무인들을 압박해 왔다.

강호 생활 수십 년, 그러나 팽립은 저런 사람들에 대해서는
전혀 들어본 바가 없다.

한명 한명이 결코 자신에 비해 떨어지지 않는 존재들이다.
그런데 무려 다섯이 한꺼번에 등장했다.

저 정도 경지라면 분명 자신이 알아야 할 고수들인데, 처음
본다. 정체가 궁금하지 않을 수 없었다.

"누구냐, 너희들은?"

팽립이 정체를 물었다.

사악한 존재들에게 예의는 사치인 법, 말하는 팽립의 입에
서 존칭은 없었다.

학창의의 청수한 노인이 백우선(白羽扇)을 저으며 팽립을
쳐다보았다.

입가에 인자한 미소를 지으며 팽립을 바라보는 노인, 하지
만 생기가 죽은 듯 어두운 눈빛은 그가 짓고 있는 인자한 미
소가 진정한 미소가 아님을 충분히 드러내고도 남음이 있었
다.

"허허, 말이 상당히 짧은 아이로구나. 예가 부족한 녀석이
로고."

말을 마침과 동시에 그의 손에 들린 백우선이 살짝 흔들렸
다.

미미한 움직임, 그러나 그 작은 움직임에 대기가 일렁였고, 일그러지는 사물의 풍광 속에 둔중한 기세가 팽립을 덮쳐왔다.

예고도 없이 다짜고짜 발현된 강력한 경력에 팽립 근처에 있던 관정당 무인 몇이 답답한 듯 가슴을 부여잡았다.

막중하게 쏟아지는 기세를 감당하지 못한 것. 팽립이 눈을 빛내며 손을 내저었다.

쿠콰!

마른하늘에 날벼락이 치는 소리가 울렸고, 팽립과 학창의 노인 사이에서 거친 와류가 휘돌았다.

사방으로 뿜어지는 먼지, 해안을 향해 몰려가는 파도처럼 원형을 그리며 멀리 퍼져 나갔다.

"제법 한 수가 있는 놈이었구나."

싸늘한 코웃음과 함께 노인이 팽립을 향해 신영을 날렸다.

노인은 애초에 둘 사이에 공간이 없었다는 듯이 순식간에 팽립의 코앞으로 날아들었다.

날카로운 보검처럼 예기 어린 백우선이 팽립을 노리며 다가들었고, 부채에 앞선 기세가 팽립의 수염을 자를 듯 덤벼들었다.

팽립이라고 넋 놓고 서 있던 것은 아니다.

줄이라도 달린 것처럼 팽립의 몸이 뒤로 쭉 당겨지더니 어느새 뽑힌 손안의 도가 다가오는 예기를 흩뜨려 놓았다.

승자도 패자도 없는 일 수의 교환. 그러나 손해를 입은 쪽은 분명 있었으니 둘의 공방에 대비해 미처 자리를 옮기지 못한 관정당 무인들이 그들이었다.

팽립의 도에 흩어지던 기세에는 달린 눈이 없었기에 그 강한 기세가 근처의 몇몇 무인을 덮쳤다.

가벼운 둘의 동작에 비해 그 안에 실린 경력은 실로 막강한 것이어서 날카롭게 베인 상처가 주변 이들의 몸 곳곳에 아로새겨졌다.

"피해!"

뒤늦은 팽후의 외침이 울렸고, 싸우는 둘을 가운데 두고 주변으로 넓은 공간이 자연스레 생겼다.

검을 쥔 허동의 손에 힘이 들어갔다.

느껴진 것이다, 둘에서 뿜어지는 기세가.

울대로 침이 넘어갔고, 눈은 둘의 행방을 쫓고 있었다.

그러나 풍은 담담했다.

저 둘의 싸움에 그 어떤 감흥도 느끼지 못했다.

누군가는 죽고, 누군가는 살 것이다.

그게 무슨 상관이랴.

―밥값하러 간다.

문득 연추의 목소리가 들리는 것 같았다.

착한 사람, 세상은 그를 어찌 볼지 모르나 그에게 연추는 좋은 사람이었다.

'사형은 아는가?'

궁금했다.

세상이 그를 어찌 생각하는지, 저들이 그를 어찌 여기는지.

'과연 그는 알까?'

모를 일이었다.

콰콰쾅!

도와 부채가 만들어낸다고는 볼 수 없는 천둥소리가 지속적으로 들렸다.

나부끼는 먼지는 사람들의 시야를 흐리게 했고, 우렁찬 기합성이 객잔 앞을 가득 채웠다.

'빌어먹을.'

팽립이 속으로 욕을 뱉었다.

상대는 강했다.

인정하기 싫었지만 인정해야 했다.

혼신의 힘을 다한 팽립의 일도가 노인의 정수리를 내려쳤다. 하지만 하얀 백우선이 그 도를 막아낸다.

넓은 소매를 펄럭이며 노인의 몸이 빙글 돌더니 소용돌이

치는 상대의 기가 팽립의 가슴을 노렸다.

그러나 팽립의 도가 그 기세의 침범을 허락하지 않았다.

주고받는 일수 일퇴의 공방, 팽팽한 접전이 이어졌고, 다급해지는 것은 팽립이었다.

삼십 년 전, 팽립의 조부 팽정문(彭丁浩)은 무림의 명숙들이 모인 가운데 금분세수의 식을 올렸다.

찬사와 부러움이 공존했던 그 자리에서 팽정문의 지인들은 그에게 하나의 값진 선물을 주었으니, 그것은 지금도 팽가의 대전 한쪽을 장식하고 있는 팽문단천도(彭門斷天圖)라는 그림이다.

도를 들어 하늘을 가르고 있는 젊은 무인과 그를 숭앙하는 군중들이 그 주변을 가득 메우고 있는 거대한 그림은, 당대 천하제일도를 이룬 팽정문을 찬양하기 위해 그려진 것이었다.

팽즉도(彭則刀)―팽가가 곧 도라.

더 이상이 없을 찬사, 화제(畵題)로서 그림의 우측 상단에 크게 적혀 있는 그 글귀는 팽정문의 뛰어난 성취에 대한 표현이자 팽가 자부심의 표상이었다.

팽가의 다른 이들이 그러했듯, 팽립도 그 그림을 보며 포부를 키웠다.

저 넓은 중원, 사마의 무리를 축출하고 정의가 살아 있는 세상을 꿈꾸었다.

포부는 야망이 되고, 야망은 다시 힘이 되었다.

혼원벽력도(混元霹靂刀), 대성을 이루지는 못했으나 그 누구보다 열심히 익혔다.

무의(武義)를 좇아 평생을 노력했다.

천하제일도가 아닐 수는 있으나 자신에 대한 부끄러움은 없었다.

그만큼 치열한 삶이었다.

상대는 강하다. 인정한다.

그러나 자신이 이기지 못할 상대는 아니다.

내력을 다 풀어 도에 자신을 담는다면 넘지 못할 상대는 아니었다.

그러나 상대는 혼자가 아니었다.

저만한 상대가 넷이나 더 남았다.

'대체 어디서 이런 자들이 한꺼번에 나타날 수 있단 말인가?'

팽가를 통틀어도 팽립을 능가할 고수는 몇 되지 않았다.

강호를 종횡하며 힘의 부족함을 느낀 적은 거의 없었다.

하지만,

'제기랄.'

팽후는 강하나 저들보다 약하고, 관정당 무인들은 혈사방 방도들을 막을 순 있을지언정 저들의 상대가 되지는 못한다.

마음은 급하고 상대는 쓰러지지 않았다.

'연추 이 개새끼.'

팽립은 애꿎은 연추를 욕했다.

최소한 그라도 있었다면, 굳이 그가 아니더라도 흑운회 고수 몇몇만이라도 와주었다면 대등한 싸움은 될 수 있었을 것이다.

죽는 것은 두렵지 않으나 한을 남기긴 싫었다.

다시 한 번의 강한 충돌이 있었고, 그 여파에 노인과 팽립은 각자 뒤로 서너 걸음을 물러서야 했다.

산발된 머리와 먼지 묻은 옷은 둘의 대결이 얼마나 격렬했는지를 여실히 보여주었다.

울렁이는 가슴, 심하진 않으나 몸이 정상은 아님을 팽립은 느꼈다.

청수하던 노인은 미소를 잃었다.

낭패한 모습, 차가우면서도 잔인한 본성이 그대로 드러난 얼굴로 노인은 죽일 듯 팽립을 노려보고 있었다.

"이런 천둥벌거숭이 새끼가."

분한 듯 씩씩대는 노인, 고아하던 모습은 어디 갔는지 흔적
도 없고 악귀처럼 일그러진 흉면(凶面)만 남았다.

"박도(朴刀)에 큰 덩치, 강맹한 도세. 팽가 쪽이겠구나."
"그래 보입니다."
다섯 노인 중 가장 평범하게 생긴 노인의 말에 작고 뚱뚱한
노인이 공손히 답을 했다.
"어때?"
"밀리진 않겠지만, 막내가 감당해 내기에는 어려움이 있을
듯합니다."
"나도 그래. 흠, 아깝네. 중원에 나와 처음 만나는 제대로
된 아이인데. 좀 더 놀면 좋으련만."
"차차 나타나겠지요."
한없이 공손한 말투, 처음 나타날 대와는 사뭇 다른 그들의
대화는 다섯 노인 사이의 서열을 보여주었다.
"마무리하고 오겠습니다."
키가 크고 마른 노인이 한 걸음 나서며 청을 넣었다.
"둘째 네가? 그냥 동생들에게 맡기지."
"돌아볼 곳이 많잖습니까?"
몸매처럼 삭막한 말투, 평범한 노인이 고개를 끄덕였다.
"그렇게 해."

문사건(文士巾)이 날아가 풀어진 백발을 흉하게 흩날리던 학창의의 노인이 진득한 살기를 숨기지 않으며 백우선을 고쳐 잡았다.

팽립을 노려보던 그가 다시 합을 겨루려 발을 내디딜 때, 그의 등 뒤로 그림자 하나가 어렸다.

"물러나라. 네 상대가 아닌 듯하니."

목소리를 알아들은 노인이 불만을 표했다.

"형님."

"그만하면 되었나니. 예서 밤을 샐 참이더냐?"

큰 키에 마른 몸, 가슴에 긴 장검을 품은 노인이 나직한 목소리로 상대를 나무랐다.

"중원은 넓고 아직 우리의 일은 끝나지 않았음이니, 너의 그 화는 풀 일이 또 있을 것이다. 일은 나에게 넘기고 너는 뒤로 물러서거라."

"하지만……."

"내 검이 그를 원하고 있음이구나."

마른 노인의 서늘한 안광이 팽립을 향했다.

화살이 되어 쏘아지는 안광, 눈이 쓰렸지만 따가운 눈을 깜빡이지도 않으며 팽립 역시 그를 노려보았다.

싸움은 기세, 물러섬은 죽음이다.

학창의의 노인이 어쩔 수 없다는 듯 뒤로 물러섰고, 이어 새로운 대치가 형성되었다.

팽후가 이를 악물었다.

자신의 손에 들린 박도의 무게가 천근이 넘어 보였다.

팽립을 알기에 저들의 무위가 어느 정도인지 대충 짐작이 가능했다.

자신으로서는 결코 오를 수 없는 경지를 이룬 사람, 팽가 사람들의 기대와 찬사를 한 몸에 받으며 팽가의 미래라 여겨지는 존재, 팽립은 형이자 벽이었다.

그런데 그 높고도 높은 경지의 사람이 지금 힘들어하고 있는 것이다.

도저히 감당할 자신이 없는 자들, 스스로 약하다 생각지 않았건만 이 순간 세상에서 가장 연약한 존재가 자신인 것만 같았다.

자괴감이 일어 비참한 마음을 금할 수 없다.

하지만 이대로 손을 놓고 있을 수는 더욱 없었다.

무너지는 감정은 혼자의 것, 자신은 홀로 이 자리에 있는 것이 아니었다.

'싸워야 한다. 이겨야 한다.'

죽더라도 상대의 목을 베고 죽어야 한다.

하나가 안 된다면 둘이, 둘이 안 된다면 셋이.

'나는 약할지 모르나 관정당은 강하다.'

의지를 다지고, 스스로 용기를 불어넣었다.

고개를 돌려 옆을 보았다.

눈이 마주치는 관정당 무인들. 생각은 그들도 하였던지 침묵의 공감대가 형성되었다.

'까짓것.'

죽음은 순간, 두려움은 없었다.

'적어도 두 놈은, 아니, 셋은.'

홀로 가는 저승길은 사양이었다.

아픔과 흐뭇함이 공존하는 복잡한 마음, 팽후가 하늘을 보며 크게 심호흡을 하고는 의지를 다져 눈에 힘을 주었다.

그런 그의 눈으로 눈에 익은 한 사내의 모습이 들어왔다.

검은 흑의를 입고서 너무도 자연스레 팽립의 곁으로 다가서는 청년, 풍이었다.

마른 노인의 모였던 손이 풀리고 가슴의 검이 왼손으로 옮겨졌다.

바람 불면 날려갈 듯 마르디마른 몸이었으나 그 어느 철주(鐵柱)보다 굳건해 보였다.

"너의 도는 훌륭했으니, 내 그를 인정한다. 죽음이 끝은 아닐지니, 너는 너무 아쉬워 말라."

스승이 제자를 이르듯 마른 노인이 팽립에게 일렀다.

그러나 말은 소리가 아니요 그 속의 뜻이니 팽립이 그 이면을 모를 리 없는 것. 상대가 강하다 하나 그는 자신의 스승도 어른도 아니다.

우월감이 이미 깔린 그 말에 팽립은 자신의 강한 자존심이 상했다.

"헛소리!"

쩌렁쩌렁 울리는 목소리가 크고 세차게 터져 나왔다.

"까는 소리 하고 있네. 병신같이 비루먹게 생긴 것이 어디서 같잖은 소리야. 쓸데없는 소리 지껄이지 말고 어서 덤벼, 이 불쌍하게 생긴 새끼야."

기운은 모자라나 기세는 다른 것. 그의 정신은 전혀 상대에 밀리지 않았다.

팽립의 말에 마른 노인이 묘한 표정을 짓더니 검병을 잡아갔다.

손끝으로 와 닿는 가죽의 감촉이 앉아 있던 살심을 세워 일으켰다.

"내 약속하노니, 너를 쉽게 죽이진 않을 것이로다. 자근자근 저미어 죽음이 삶보다 낫다는 것을 알려줄 것이니 너는 너의 혀를 탓하라."

노인이 검을 뽑으며 음산하게 일렀다.

가늘게 좁혀진 두 눈이 쥐의 그것처럼 까맣게 변했고, 내쉬는 숨결에 사기(邪氣)가 물씬 풍겼다.

조금 남았던 주홍의 기운이 서서히 푸르게 변해가는 하늘, 어두워지는 하늘을 따라 노인의 등 뒤에도 검은 기운이 가득 차 있었다.

뭉게뭉게 피어나는 검은 기류, 팽립의 눈에 유부의 귀신이 보이는 듯했다.

"물러서십시오."

한마디 말과 함께 갑자기 나타난 풍. 팽립이 다가오는 그를 보고 인상을 그었다.

"네가 나설 자리가 아니다."

그러나 풍은 대답을 않고 목례만 했다.

계속되는 걸음, 그침이 없던 그의 걸음은 팽립을 지나 그의 두세 걸음 앞에서 천천히 멈추었고, 팽립을 등진 채 그는 마른 노인을 쳐다보았다.

흔들리지 않는 눈빛, 무채색의 투명한 시선이 노인을 향했다.

"생각해 보니 좀 불공평한 것 같더군요."

"무엇이 말이냐?"

"이쪽은 이미 한 번의 격전을 치렀는데, 그쪽은 생생한 분이 새로 나오시니 말입니다. 이거 뭔가 불공평하다는 생각이 들지 않으십니까?"

"불공평하다?"

풍이 고개를 끄덕였다.

"그렇습니다, 불공평. 그래서 제가 그 뒤를 이었으면 합니다만."

"능력은 되느냐?"

"충분히."

풍이 말과 함께 손을 들어 등에 멘 도를 잡더니 느긋하게 노인을 겨누었다.

동시에 터져 나오는 도세(刀勢). 한껏 강자의 위(位)를 누리던 마른 노인의 얼굴이 순식간에 굳었다.

협? 의?

그런 거 모른다.

고민해 본 적도, 생각해 본 적도 없다.

누구처럼 거창하게 살아보지 못했기에 고결하고도 고상한 대의를 품어본 적 없다.

안개처럼 일렁이던 검은 기류가 터져 나온 풍의 도세에 밀려 빨려들 듯 노인의 뒤로 휘말려 들었다.

작고 까만 노인의 눈이 빛나며 그의 이마에 핏줄 하나가 섰지만, 사라지는 기류를 막을 방법이 없었다.

밀리는 기세, 보다 강한 상대의 기세 앞에서 그 음산했던 검은 기류는 흩어지는 연기보다도 못한 것이었다.

하지만!
남을 해한 적 없다.
남을 다치게 한 적도 없다.
내 이익을 위해 거짓을 가린 적도 없고, 진실을 왜곡한 적도 없다.

"노옴!"
마른 노인이 짧은 노성을 지르더니 빛살처럼 검을 가로질렀다.
검신이 보이지 않는 쾌수, 한줄기 섬광만이 그의 검의 흔적을 나타낼 뿐이었다.
그러나 그 놀라운 쾌식이 풍을 어쩌지는 못하는 것이었으니, 그에겐 그의 놀라운 쾌검이 보였다.
그것도 아주 느리게.
하얀 검신이 버드나무처럼 휘어졌다.
노인이 내미는 손목을 따라 휘어진 검신이 긴 호를 그리며 자신의 미간을 노려온다.
한없이 느리게, 느리게.

검극은 파리한 검기를 품었고, 숨 쉬는 대기를 양분하며 눈앞으로 다가왔다.

그러나 역시 느리다.

가벼운 목놀림으로 검극을 흘려보내고, 풍은 미끄러지듯 노인을 품으로 한 걸음 다가섰다.

마치 짜인 대련처럼, 그는 너무도 가볍게 노인의 검을 흘려 버리더니 일도를 그어 노인을 압박했다.

느닷없이 다가오는 도, 마른 노인은 급히 검을 추슬러 도를 막아갔으나 도는 다시 꽈리를 틀 듯 나선을 그리더니 노인의 심장에 회복 못할 깊은 상흔을 남겼다.

챙그랑!

검이 땅에 떨어지고 불신 가득한 노인의 눈만이 낭패한 그의 상황을 나타내 주었다.

그대가 못한 것을 나는 할 수 있다.

그대가 못 이룰 것을 나는 이룰 수 있다.

이것이 그대가 말한 협인가?

이것이 그대가 고상히 포장하던 의이던가?

자, 그러면 이제 나는 협객이 된 것인가?

생각지도 못했던 전개에 팽립과 팽후는 입을 다물지 못

했다.

관정당 무인들의 놀란 눈빛은 차라리 애교스러웠다.

존재감조차 인정하지 않았던 그의 놀라운 반전에 중인(衆人)의 턱은 한껏 벌어지고 있었다.

"이놈!"

공력이 잔뜩 실린 사자성이 주위 중인의 머리를 울릴 때, 계피학발의 노인이 창공을 나는 독수리처럼 양손을 할퀴며 위에서 날아 내렸다.

흐릿하게 어려 있는 검은 안개는 손에 실린 경력이 만만하지 않음을 보여주었고, 우레성과 더불어 풍의 가슴을 짓이길 듯 검은 손이 다가왔다.

구부려진 모양과 다르게 묵직한 기세로 시전되는 조공(爪攻)에 풍의 옷이 태풍을 만난 듯 펄럭였다.

가슴을 관통하는 손.

그러나 허상엔 목숨이 없음이니, 귀를 울리는 폭음도 주변을 황폐화시키는 강한 경력도 없이 옆으로 돌아선 풍의 도가 조용하고도 빠르게 노인의 양팔을 잘라냈다.

너무도 쉽게 행해졌기에 믿을 수 없는 장면.

상대도, 관정당의 무인들도 그 위력이 실감 나질 않았다.

만약 잘린 팔에서 뿜어지는 노인의 피마저 없었다면 한낮의 백일몽처럼 잊힐 일, 팔 잃은 노인의 절규만이 허공을 떠돌았다.

협객? 그럴 리 없지. 저들과 나의 세상은 이미 다른 것을.

무거운 두려움으로 다가오던 두 노인이 단 두 수 만에 재기 불능의 상태가 되어버렸다.

좀 전까지 세상을 조롱하듯 거만하던 노인들은 이미 그 자리에 없었다.

있다면 놀람과 불신의 눈짓을 한 노인뿐, 누구도 현 상황을 받아들이지 못했다.

차가운 풍의 눈이 나머지 노인들을 향했다.

"덤벼."

입에 걸린 비웃음, 그러나 그 웃음의 대상은 노인들이 아니었다.

팽립은 저도 모르게 등골이 서늘해짐을 느꼈다.

남은 세 노인에게 더 이상 여유는 없었다.

어린아이 다루듯 넘쳐나던 여유로움은 충격과 경악으로 변질되어 있었다.

부(府)를 나와 중원에 첫발을 디뎠을 때, 드넓은 중원 모두가 자신들의 손안에 든 것만 같았다.

여리디여린 계란처럼 중원은 살짝만 힘을 주어도 터져 버릴 것이라 생각했다.

자부했고, 자신 있었다.

장난처럼 여겼다.

소일거리라 생각했다.

지겹고도 암울했던 그 긴 지난날의 보상이 이제 자신들이 누리게 될 유희라 믿어 의심치 않았다.

'그런데 어떻게?'

한 달도 채 안 되었다. 제대로 판도 벌여보지 못했다. 한데 벌써 둘이 갔고, 인정 못할 상황은 아직 끝나지 않았다.

'용서 못한다.'

평범했던 노인의 눈에 푸른빛이 일렁이더니 노인의 표정에 고통이 보였다.

'가늠할 수 없는 수준임을 인정한다. 그러나 혼자 갈 수는 없는 법.'

의미 모를 눈빛이 학창의를 입은 노인과 평범한 노인 사이를 오갔고, 이어 두 노인이 풍을 중심으로 서서히 모여들었다.

상대는 자신들로서도 짐작이 안 되는 고수. 늙은이들의 꼬장꼬장한 자존심으로 헛되이 사라져 갈 수는 없었다.

"아니 되오."

뭔가를 눈치 챈 듯 뚱뚱한 노인이 그들의 전진을 거부했다.

"너는 남을 것이다. 다 함께 갈 수는 없나니, 미련을 버리라."

"대형, 차라리 후일을……."

천천히 다가오던 평범한 노인이 침묵으로 뚱뚱한 노인의 말을 거부했다.

여전히 걷고 있는 걸음.

시선은 풍을, 손은 하늘과 땅을 가리키던 평범한 노인이 굵은 기합성과 함께 내기를 모았다.

고오오오오오.

너무도 낮아 거의 들을 수 없는 저음이 땅을 울리고 퍼져나갔고, 한순간 급작스런 바람이 노인을 향해 몰려들었다.

부풀어 오르는 의복, 터질 듯 팽팽하던 옷에서 은은한 광채가 어리기 시작하더니 폭발하듯 푸른 기운이 그의 몸을 감쌌다.

출렁이는 물살처럼 몸 주변에 어린 기운, 푸르게 타오르는 그 청색 기류는 평범한 노인을 넘어 천지를 사를 듯 하늘로 치솟았다.

기이함을 넘어 신비로움까지 전하는 청화(靑火), 그 푸른 아름다움은 고통스러워 보이는 노인의 표정과 대비되며 어둠이 내린 저녁 뜰을 환히 밝혀주고 있었다.

“대형!”

뚱뚱한 노인이 소리를 질렀다.

그는 저 푸른빛 아름다운 불의 정체를 안다.

그 위력도, 그 고통도.

생을 지탱하는 가장 근본적인 힘, 그것은 체내 원정(原精)의 발현.

타오르는 불길 속에서 그는 자신의 모든 것을 태우고 있는 것이다.

생각도 못했다.

중원을 나서며 해방감과 자신감만이 가득했지 이런 말도 안 되는 상황을 맞으리라고는 상상도 못했다.

누구에게든 죽음은 값싼 것이 아니다.

더구나 자신들에게는 더욱더.

뚱뚱한 노인의 표독스런 눈빛이 풍을 죽일 듯 노려보고 있다.

푸른 불길의 사이한 기운은 풍에게도 충분히 전해졌다.

처음으로 겪어보는 강한 기운, 그러나 어딘가 낯설지 않은 기운.

‘청화.’

비로소 풍은 저들의 정체를 알 것 같았다.

그리고 무엇을 해야 할지도.

의지를 모으자 갑자기 그의 몸에서 붉은 기운이 터져 나왔
다.

일순간 길게 뿜어 사방으로 날뛰는 뜨겁고도 강한 기운. 천
지를 불사르려는 듯 이글거리는 그 기운은 점차 영역을 넓혀
가며 노인을 압박했다.

넘실대던 푸른 기운을 누그러뜨리며 모든 것을 집어삼킬
듯 휘몰아치는 홍염(紅艶).

"그럴 리가!"

평범한 노인과 청수했던 노인은 지옥의 겁화처럼 타오르
는 붉은 기운을 보자마자 외마디 비명을 동시에 질렀다.

그러나 그 놀람은 풍의 기세에 있는 것이 아니었다.

"어찌 저것이!"

노인들은 자신들이 보고 있는 것을 믿지 못하는 눈치였다.

"홍주(紅呪, 붉은 저주)? 설마, 그럴 리가!"

뚱뚱한 노인 역시 타오르는 풍의 붉은 기운을 보고서는 작
은 눈을 한껏 치뜨며 놀라움을 표시했다.

그럴 리가 없었다.

있을 수도 없고 있어서도 안 되는 일.

뚱뚱한 노인이 뒤로 몇 걸음을 물러서며 평범한 노인을 바
라보았다.

팽립은 노인들의 갑작스런 행동을 이해할 수 없었다. 풍은

단지 도를 뻗고만 있을 뿐인데, 화들짝 놀란 표정으로 당황하고 있다.

'홍주? 그것은 또 무엇이란 말인가?'

팽립이 다시 풍을 돌아보았다.

그러나 아무 이상이 없었다.

전신을 태우듯 활활 타오르는 그 붉은 기운, 그러나 그것은 팽립의 눈에는 보이지 않았다.

오직 풍과 노인들에게만 보이고 느껴지는 기운. 팽립은 그 자리에 끼어들 자격이 없었다.

"그럴 리 없는 것. 내 직접 확인해 보리라."

평범하게 생긴 노인이 허공을 격하고 날아들어 풍의 멱을 잡아갔다.

노인의 움직임에 따라 출렁이는 불길이 어두운 밤하늘 아래 시리도록 푸르렀다.

모든 것을 앗아갈 듯 강하게 움켜쥐는 손, 그러나 그의 손짓에 담긴 오묘한 이(理)도, 격(格)도, 붉게 타는 풍의 도를 넘어서진 못했다.

장과 도의 격타음이 연이어 울렸고, 무형의 기세가 사방으로 퍼지며 장내는 아수라장이 되어갔다.

손짓 한 번에 대지가 가라앉고, 일도의 흐름에 하늘이 내려

앉았다.

선공의 이(利)를 노인이 쥐고 있었기에 밀어붙이는 쪽은 노인이지만, 연달아 내치는 장공(掌攻)이 풍을 위협하지는 못하는 것이었다.

잇따른 공격이 소득 없이 무위로 돌아가자, 노인의 청염이 더욱 거세지며 용틀임을 하였다.

학창의의 노인과 비대한 노인이 그 기세를 이기지 못하고 손으로 얼굴을 가리며 뒤로 물러섰고, 풍과 청화를 두른 노인 외에 누구도 그 주변을 가까이 하는 자가 없었다.

'정녕 홍주인가?'

노인의 얼굴이 불길에 가려 더욱 흐려져 갔다.

청화는 오롯한 소멸의 불꽃, 단순한 기막(氣幕)이나 강막(罡幕)으로 막을 수 있는 것이 아니다.

무공이되 무공이 아닌 것.

스스로의 목숨을 태워 상대와의 공멸을 의도하는 최후의 한 수가 그 푸르게 타오르는 원정의 결정이다.

그런데 청화가 막히고 있었다.

홍염에 닿는 푸른 불길이 스러지듯 사라져 갔다.

"말하라. 넌 누구냐?"

고통과 충격에 일그러진 푸른 눈동자와 입이 시퍼런 귀화를 꾸역꾸역 쏟아냈다.

“낭인.”

짧고 또 단호한 한마디.

그리고 그것은 그의 의지.

팔을 들어 모든 기운을 양손에 모으던 노인이 단말마와도 같은 기합성으로 모든 기를 앞으로 분출시켰다.

푸르게 넘실대던 원정의 불길이 폭풍우 치는 대양의 파도처럼 풍에게로 밀려갔다.

한 겹, 두 겹, 세 겹. 푸른 파도는 끊임없이 몰아쳤고, 그리고 일순간 불길은 언제 그랬냐는 듯 흔적도 없이 사라졌다.

“크윽!”

평범한 노인이 숨 막히는 신음과 더불어 가슴을 쥔 채 뒤로 내팽개쳐졌다.

가슴을 가린 오른손 사이로 붉은 선혈이 연기로 타올랐다.

소리도 기세도 없이 이루어진 일합(一合).

가슴을 가른 풍의 일도에 평범한 노인의 가슴에서 선홍색 홍광이 피어올랐고, 노인을 뒤덮고 있던 푸른 불길이 서서히 홍광에 덮이기 시작했다.

“홍주는 기억, 난 그저 비루한 낭인일 뿐이오.”

“그런 말도 안 되는…….”

두 눈 가득 한을 담은 채 평범한 노인이 스러져 갔다. 두 눈에 남은 것은 회한의 빛. 풍은 미련 없이 몸을 돌렸다.

뚱뚱한 노인은 사라지고 없었다.

다만 학창의에 청수했던 노인만이 떠는 손으로 백우선을 힘껏 부여잡고 있을 뿐이었다.

흐릿한 잔영만을 남기고 공간을 넘어 그의 곁에선 풍, 부릅 떠진 노인의 눈을 무시하며 무심히 일도를 그어 그를 갈랐다.

좌우로 나뉘어 쓰러지는 노인. 풍은 말없이 원래의 자리로 돌아갔다.

＊　　　＊　　　＊

살육은 끝이 보이지 않았다.

구겨졌던 자존심을 회복이라도 하려는 듯 관정당 무인들의 손속에는 자비가 없었다.

저항하는 자, 달아난 자. 오십여 명의 혈사방 방도 중 살아남은 이는 한 손에 꼽을 정도. 잔인한 검이었고, 비정한 마음이었다.

부방주 이전(李田)은 생포되었다.

그러나 살아도 죽음만 못한 것은 앞으로 그가 당할 고문과 문초 때문일지니, 아는 모든 것을 다 토하고 나서도 그는 한참을 고통받을 것이다.

허동은 머리를 절레절레 흔들었다.

관정당, 이래저래 마음에 들지 않는 작자들이다.

겁에 절어 다리만 떨고 있을 때는 또 언제더니, 살판난 듯 모두가 미쳐 날뛰고 있다.

바닥을 보인 인간의 본성. 처음 접하는 것은 아니었지만 그래도 씁쓸함이 맴도는 것은 그가 또 다른 의미의 사람이었기 때문일 것이다.

"저들은 누구였을까요?"

허동이 전장의 한편에서 벗어나 찡그린 얼굴로 풍에게 물었다.

풍은 대답을 않았다.

원래 말수가 적기도 했지만, 가라앉은 두 눈은 단지 그의 천성 때문만은 아니라는 것을 보여주고 있었다.

"그만 가자."

눈앞의 추악한 이전(泥田)에서 그는 몸을 돌렸다.

더는 볼 것도 할 것도 없었다.

"네, 사숙."

대답과 함께 풍의 뒤를 따르며 허동은 슬쩍 그의 옆모습을 훔쳐보았다.

달라진 것이 없는데 사람이 달라 보인다.

놀라운 신위, 그것의 힘이었다.

태어나 말로만 듣던 경지의 고수를 적으로 만났다. 하늘을 놀래켜고 땅을 뒤흔들던 그들.

그런데 그 거대해 보이던 상대가 그의 일도를 받아내지 못했다.

넷이 죽고 하나가 도망쳤다.

'그는 얼마나 강한 것일까?'

상상조차 되지 않았다.

지나며 눈이 마주치는 관정당 무사들, 힐끔힐끔 바라보다 놀라 고개를 돌린다.

이전의 것이 무시의 뜻이었다면, 지금의 것은 외경의 뜻.

거만하고 무례하던 작자들, 한마디 소리도 못하고 외면하기에 바쁜 그들을 보니 속이 다 후련했다.

"사숙."

"왜?"

"계속 함께하실 건가요, 아니면."

풍은 고개를 저었다.

"그만 돌아가자. 더는 있을 이유도 있을 필요도 없는 듯하니. 모처럼 느긋하게 밤길이나 걸어보자."

객잔을 등지고 둘은 걸음을 옮겼다.

팽립과 팽후에겐 가벼운 인사로 떠남을 전했다.

오가는 말이 없는 간단한 몸짓. 풍은 그것만으로도 충분하다 여겼다.

반달이나 밝음이 있어 달은 둘의 길을 비춰주는 데 아무 문제가 없었다.

시린 밤공기, 그러나 그것이 그들의 마음보단 따스해 보였다.

멀리 떠나가는 풍과 허동을 보며 팽후가 팽립에게 의사를 물었다.

"괜찮겠습니까?"

"안 괜찮으면? 에서 우리가 할 수 있는 것이 무엇이 있겠느냐?"

"그렇긴 합니다만, 뒤가 편치 않아서요."

"어차피 틀어진 일. 그래 봤자 낭인이다. 신경 쓸 것 없다."

차갑게 말하고 돌아서는 팽립. 그러나 풍이 보여준 압도적인 무력은 쉬 지워질 것이 아니었다.

'놈!'

눈빛을 빛내며 멀리 가는 풍의 뒤를 팽립은 눈으로 쫓았다.

한광이 피어나는 음험한 눈빛, 그러나 그 눈빛이 평소 그가 그토록 배척하던 사파 무리의 눈과 닮았음을 팽립 그는 알지 못했다.

＊　　　＊　　　＊

밤이 더 길어지고, 찬바람이 옷 속을 파고들기 시작했다.

만산(滿山)하던 홍엽(紅葉)은 어느덧 쇠(衰)해 앙상한 가지만 남겨둔 채 수목은 다가올 추위를 준비하고 있었다.

누구인지, 어디서 온지도 모르는 자들.

밝혀진 것은 없이 살아남은 자 다시 걸어온 길을 돌아갔고, 죽은 자 들판 한구석에 묘비도 없이 버려졌다.

관정당에 의해 혈사방이 멸문을 당했다는 소문이 돌았다.

평소와 달리 그날의 관정당 무인들은 야차와 같았다고 누군가는 전했다.

흉흉한 바람이 겨울을 맞는 소주를 휘감았고, 날 선 긴장 속에 소주의 밤은 흘러갔다.

"어찌 생각하느냐?"

참혹한 살겁이 일어났던 소주 근처 객잔 앞에 반백의 노인과 젊은 청년 하나가 모습을 드러냈다.

뽀얀 피부에 여우 털조끼를 멋들어지게 갖춰 입은 청년 백문요가 예의 입가에 미소를 머금은 채 주변을 돌아보았다.

"조금 의외이긴 하군요. 가볍게 찔러본 일이긴 하지만, 한동안은 놀 수 있을 줄 알았는데."

"홍주의 발현이라면 좀 더 심각하게 받아들여야 하지 않을까?"

　반백의 노인 백수광(白洙光)의 말에 백문요는 고개를 좌우로 저었다.

　"오숙, 홍주는 전설입니다. 누구도 실제로 본 사람은 없어요. 그저 그런 것이 있다 전해져 내려올 뿐. 저는 그것을 믿지 않습니다."

　"비륵(肥勒)의 말은 거짓됨이 없어 보였다."

　"그 뚱뚱한 돼지는."

　주변을 둘러보던 백문요가 백수광을 보았다.

　잠시 굳었던 얼굴이 펴지며 다시 화사한 미소를 머금었다.

　"겁이 났던 게지요."

　백문요는 뒷짐을 진 채 하늘을 올려다보았다.

　낮게 내려앉은 잿빛 구름이 눈이라도 내릴 것처럼 보였다.

　낮임에도 어둑한 하늘은 음산한 분위기를 풍기며 찬 기운을 내뱉고 있었다.

　"오숙, 저는 믿지 않습니다. 홍주든 마탑이든. 저는 저를 믿습니다. 부(府)를 믿고 오숙을 믿지요."

　백문요가 천천히 걸음을 옮겨 백수광을 향했다.

　"죽은 전설은 산 자를 이기지 못합니다. 오숙, 이 넓은 땅덩어리엔 많은 강자가 있습니다. 드러난 자들만 해도 꽤 될 텐데 가려진 자까지 합한다면 과연 얼마나 될까요?"

　백문요가 한 손으로 백수광의 허리를 잡고는 다른 손으로는 앞을 가리켰다.

"중요한 것은 현재의 힘이지 과거의 망령이 아닙니다."

"'혹시' 라는 것이 있다."

등 떠밀리듯 걸어가던 백수광이 옆의 백문요에게 우려를 표했다.

전설이나 그 의미는 무시할 수 없는 것, 천 년의 굴레가 풀린 이 상황에서 한 걸음 더 늦춘다 한들 얼마나 차이가 있을까.

백문요는 고개를 저었다.

"걱정 마세요, 오숙. 제가 드리는 말은 방심의 변(辯)이 아니니. 설사 홍주의 발현이 사실이라 하더라도 저는 자신이 있답니다. 일 년, 이제 고작 일 년 남았습니다."

발걸음을 옮기는 백문요의 얼굴에서 미소가 그쳤다. 선홍빛 입술이 살짝 일그러짐은 분명 비웃음인 것.

싸늘한 백문요의 검은 눈동자 위로 붉은 기운이 맴돌았다.

그러나 이내 사라지는 붉은빛, 백문요는 미소를 회복했다.

"적인(赤印)은, 홍주를 사른답니다."

＊　　　＊　　　＊

낙양으로 돌아가는 여정에는 떠나올 때와 다른 느긋함이

있었다.

딱히 급할 일도, 서두를 이유도 없었기에 풍과 허동은 유람을 하듯 그렇게 길을 갔다.

말[馬]이 없다 보니 온전히 걸음으로 가야 할 길이라 차가운 날씨가 부담스럽긴 했지만, 그는 그대로 운치가 있었다.

산이 나오면 산을 넘었고, 물이 나오면 그 물을 건넜다.

굳이 관도를 따라 걸을 필요는 없었으므로 가능한 한 최단 거리를 잡아 움직이는 것이었다.

허동은 별호에 어울리게 경신 공부에 능했다.

가벼운 몸놀림으로 사뿐사뿐 내딛을 때면 실로 잿빛 고양이 한 마리가 숲길을 달리는 듯이 보였다.

어둑해진 하늘 밑으로 산허리가 드러나자 둘은 속도를 가해 경공을 펼쳤다.

어차피 해야 하는 노숙, 이왕이면 잠자리 찾기 편한 산속으로 들어가자는 허동의 말에 풍이 동의를 한 것이다.

날렵하게 움직이는 허동과는 다르게 풍의 움직임은 그 근본부터가 달랐다.

휘어진 길이면 모르되 곧게 나가는 길에서는 마치 공중을 나는 새처럼 거의 날다시피 나아가는 것이었다.

별 힘도 들이지 않고 공중을 나아가는 모습, 어쩌다 한 번씩 딛는 발이 아니라면 실제로도 나는 것과 별반 차이가 없을 듯싶었다.

풍의 무공의 연원은 허동 자신과 거의 대동하다.

자신의 신법도 그 기초는 연추에게서 받은 것이다. 경천동지(驚天動地)의 도법은 그렇다 치더라도 저 신법만큼은 당최 이해가 되지 않았다.

보면 볼수록, 알면 알수록 놀라운 사람. 허동의 눈에 비치는 풍은 온통 신비한 비밀에 가득 차 있는 사람이었다.

따뜻한 모닥불이 피워지고, 그 빛에 주홍으로 물든 두 얼굴이 상념에 젖어 있었다.

허동은 풍을, 풍은 현실을. 서로가 생각하는 대상은 달랐지만 답이 나오는 문제는 아니었다.

"뭘 그렇게 봐?"

"아, 아닙니다, 사숙."

너무 빤히 봤을까, 풍이 허동의 의중을 물었다.

"그저 궁금해서요. 과연 사숙은 어떤 분이실지. 사실 요 며칠 좀 당황스러웠거든요. 이분이 정말 내가 아는 사숙이 맞나, 뭐 그런."

익숙하나 낯선 사람, 그것이 지금의 풍이었다.

"따로 배우신 거예요? 그 무공, 사숙이랑 사부님이랑 좀 많이 다른 것 같아서요. 홀로 도를 쓰시는 것도 그렇고."

긴 나뭇가지로 모닥불을 들쑤시며 허동이 속내를 드러냈다.

큰 바위 밑 오목하니 들어간 곳에 자리를 잡아서 불어드는 바람은 심하지 않았다.

그럼에도 산중 바람은 매서운 면이 있어 이따금 모닥불을 꺼뜨릴 듯 세찬 바람이 이는 것은 어쩔 수 없는 것이었다.

장작을 더 넣고 불을 더 키웠다.

활활 뜨겁게 타오르는 불길이 바람을 이기고 기세를 높였다.

"글쎄……."

딱히 해줄 말이 없다.

할아버지의 가르침은 풍운검이었고, 자신의 도는 같으나 다른 것이다.

무엇보다,

'마탑.'

그 거짓말 같은 진실을 어찌 얘기할까. 풍은 입을 다무는 수밖에 없었다.

밤이 깊을수록 바람은 더 세차졌다.

귀신의 호곡성과도 같은 으스스한 소리가 바위 틈새를 지나 울려 나오더니 마침내 사락사락 눈이 내리기 시작했다.

점이 되어 내리던 하얀 눈이 시간이 지남에 따라 점점 더 굵어지고 내리는 양도 많아졌다.

둘 다 무인이라 크게 추위를 타진 않았지만, 그렇다고 내리는 눈 속에 편히 잠들 만큼 둘의 신경이 무디지도 않았다.

둘은 피풍의로 몸을 감싸고 쭈그려 앉아 피워진 불씨가 꺼지지 않도록 불을 챙겼다.

깊은 산중의 눈 내리는 야밤, 불을 보는 것 외에 딱히 할 게 없다 보니 생각보다 밤은 지루하고 더뎠다.

풍은 자신의 내면으로 침잠해 들었다.

크게 따져볼 생각은 없었는데, 확인을 해야만 하는 상황이 되었다.

그는 이유를 모른다.

저기 눈이 내리듯 자신은 무공을 쓴다.

온전한 자신의 것은 도, 그 외의 것들은 엄밀히 말해 자신의 것이 아니었다.

어느 날 자신에게 주어진 능력들, 한순간에 찾아온 그 능력들을 어찌 설명해야 할까?

꿈?

말도 안 되는 얘기다.

보다 근본적인 것이 분명 있을 것이었다. 그리고 자신은 그 근원을 잡아야 했다.

생각해 보면 모든 것의 출발은 화리의 내단.

그날 모든 것이 시작되었다.

'유수장.'

내단의 출처는 그곳, 풍은 백유란을 만날 필요를 느꼈다.

第六章

밤은 소리 없이 내려와 규방 사창(紗窓)에 달빛을 내린다.

낮은 사내의 야망의 시간이요, 밤은 여인의 꿈의 시간이니 이 밤 잠 못 듦도 흉은 아닐 터.

아름다운 여인의 한숨 소리는 사창을 새어 나가 수초를 놀래켰다.

운명?

있다면 이런 것일 거다.

사랑?

글자만 떠올려도 심장이 뛴다.

턱을 괸 채 사창 밖 어딘가를 바라보고 있는 소녀, 그린 듯
아름다운 얼굴이 달빛을 받아 환히 빛나고 있다.

"또 그러세요?"

"몰라아."

"그렇게 좋아요?"

"몰라아."

"그렇게 막 심장이 벌렁거리고 막 그래요?"

"아, 몰라아."

"운!"

"앗?"

저도 모르게 놀란 표정의 소녀. 곱게 눈을 흘기며 옆에 앉
은 시비를 노려보았다.

그 흘겨보는 모습마저 예쁜 소녀. 남궁설(南宮雪)이라는 이
름이 있음에도 월궁항아(月宮姮娥)라는 말이 더 어울리는 것
은 소녀의 미모가 사람을 넘었기 때문일 것이다.

붉어진 뺨으로 시비 앵앵(鶯鶯)을 얄밉다는 듯 바라보더니,
남궁설은 다시 사창으로 시선을 돌렸다.

"넌 몰라. 이게 어떤 마음인지. 나도 내 마음을 잘 모르겠
는데 하물며 네가 어찌 알겠어?"

그래, 모를 것이다. 너는 모를 것이다.

왜 그때 그만 보였고, 왜 박수를 쳤으며, 왜 눈물을 흘렸는지.

아마 모를 것이다. 내가 왜 지금도 그만 생각하며 또 이렇게 하얀 밤을 보내는지.

열여섯 어린 나이에 처음 그를 보았다.

먼지와 함성 소리 가득한 그 기이한 열기의 현장에서 운명처럼 한 사내가 가슴으로 들어왔다.

눈을 뗄 수 없었다.

허름한 옷에 그을린 피부, 평소라면 절대 관심 갈 사람이 아니었는데, 분명 그랬을 텐데, 그는 어이없게도 너무도 쉽게 마음 안으로 들어왔다.

—승자, 운.

환호를 질렀다.

저도 모르게 벌떡 일어서 손바닥이 벌겋도록 박수를 쳤다. 주위의 시선 따위 신경도 쓰지 않으며 그렇게 소리치고 내 일인 듯 기뻐했다.

함께 있던 숙부의 헛기침 소리도, 친구 제갈려(諸葛麗)의 당황한 말림도 그 환희를 막을 수 없었다.

왜였을까?

숨 줄이며 바라보던 마지막 결전이 끝났을 때엔 마침내 저도 모르게 눈물까지 흘렸다.

모두의 열광 속에서 오히려 홀로 앉아 눈물을 흘렸다.

생각해 보면 기뻤기 때문만은 아니었다.

돌이켜보면 좋아했기 때문만은 아니었다.

왜였을까?

왜 그날의 나는 그렇게 울고 있었을까?

"전 알 거 같은데요."

"뭐?"

"호호, 아니에요. 그만 주무세요. 괜히 저번처럼 늦잠 주무시다 야단맞지 마시고. 아, 내일은 특히 일찍 일어나셔야 해요."

"왜? 무슨 일 있어?"

"있죠."

"뭐?"

앵앵은 대답 대신 묘한 표정을 짓고만 있었다.

뭔가 놀리는 듯 앵앵은 잔뜩 뜸을 들이며 새침하니 딴짓을 한다.

시비라기보다는 친구에 더 가까운 앵앵. 남궁설은 그녀의 표정에서 뭔가 특별한 것이 있음을 읽을 수 있었다.

나쁘진 않을 일. 그러나 앵앵은 말이 없었다.

"뭐냐니까?"

남궁설이 갑자기 앵앵에게 달려들어 그녀의 옆구리를 간질였다.

"아악!"

비명도 웃음도 아닌 이상한 소리가 앵앵에게서 튀어나왔고, 엎치락뒤치락 온몸을 부대껴 가며 둘은 한참을 그렇게 장난을 쳤다.

"그분이 와요."

마침내 참다 못 참겠던지 앵앵이 헝클어진 머리를 들어 항복 선언을 했다.

"뭐라고? 다시 말해봐."

"그분이 오신다구요."

샐쭉한 앵앵, 눈에 어린 빛이 귀여웠다.

"그분…… 이라니? 누구? 설마?"

같이 엉클어진 머리이나 그마저도 고운 남궁설. 크고 맑은 두 눈을 더없이 크게 뜨며 앵앵의 확답을 기다렸다.

"내일 세가를 방문하신대요. 맹주님께서."

"그럼?"

"그분도 오시는 거죠."

"꺄아아아아아아악!"

줄지어 날던 야조가 갑작스런 음공에 날개를 휘청거렸다.

기쁨인지 놀람인지 정체를 알 수 없는 그 소리는 고요하던 남궁세가를 단번에 깨웠다.

—뭐냐?

—뭐겠냐?

—또?

방년(芳年)의 호들갑은 그 나이의 특권. 누구 하나 시끄럽
다 나서는 이 없었다.

*   *   *

세가의 아침은 분주했다.

평소에도 바쁜 일과였지만, 이날은 특히 더했다.

활짝 열린 정문으로 갖가지의 기화요초가 정원으로 밀려
들었고, 마당을 쓰는 종복의 비질에 추석(甃石)의 단아한 빛
이 더욱 살아나고 있었다.

걷는 걸음 없이 모두가 종종 뛰며 이리저리 다니기에 분주
한 하루. 무림맹주 구양수를 맞는 남궁세가의 아침은 그렇게
사람들의 발에서부터 시작되고 있었다.

남궁설은 하늘이 무너지고 있었다.

그가 온다는 말에 밤새 잠을 설쳤더니 못 잔 잠 때문인지
얼굴이 부어 난리도 아니었다.

괜찮다는 앵앵의 말도, 마음 탓이지 실제 부은 것이 아니라
는 유모의 말도 남궁설의 귀에는 들리지 않았다.

열여덟 꽃다운 자태는 아니더라도 미운 모습을 보일 수는
없지 않은가.

동경을 봐도, 그릇 속 맑은 물에 비추어 봐도 예뻤던 자신
의 모습은 온데간데없이 사라져 버렸다.

화장을 한들, 성장(盛裝)을 한들 미운 모습 사라지지 않으
니 눈물만 날 것 같았다.

"예뻐요."

짧지만 모든 의미가 다 담긴 함축적인 한마디. 유모는 뿌듯
한 시선으로 남궁설을 보았다.

물청색 고운 비단옷 위에 눈보다 하얀 피부, 날씬한 몸매에
그를 더욱 강조하는 허리띠와 장신구들, 틀어 올린 검은색 머
릿결 사이로 금빛 비녀에 새겨진 보석들이 영롱이며 반짝였
고, 고개 들어 얼굴을 보니 그 모든 것의 총아가 거기에 있다.

"어쩜."

앵앵의 탄성이 절로 일었다.

선계의 선녀라도 범접 못할 미인이 그곳에 서 있다.

뭇 사내의 애간장을 녹일 대로 녹여 버린 천상의 미녀가 눈
앞에 서 있었다.

천하제일미녀 남궁설. 그러나 그녀는 부은 얼굴에 마음이

아팠다.

"아이참, 예쁘다구요!"

*　　*　　*

대전은 넓고 화려했다.

은은하게 밝힌 주황빛 등촉, 그 아래 찬란한 오색 휘장이 사방 벽을 장식하고 있었다.

악공들의 풍악 소리는 고아한 흥취로 사람들의 귀를 즐겁게 했고, 바닥의 오목은 대전의 품격을 더하고 있었다.

맹주와 가주, 그리고 태상 가주를 위한 세 자리가 상석에 마련되어 있었고, 가족 이하 세가의 주요 인사들은 그 아래 좌우로 마주 보며 자리를 하고 있었다.

탁자마다 놓인 것은 온갖 종류의 귀한 음식들이요, 그 주변을 채운 것은 안휘성 명숙들의 면면이니, 무림맹주 구양수를 맞이하는 남궁세가의 예우는 그토록 크고 대단한 것이었다.

"무림맹주 구양수, 구양 대협 듭시오."

총관의 긴 소개말에 이어 연회의 주인공 맹주 구양수가 일행과 더불어 대전 안을 들어섰다.

은발(銀髮)에 은염(銀髥), 은의(銀衣). 과하지도 모자라지도 않는 정돈된 자세로 구양수는 그를 맞아주는 명숙들의 환대에 일일이 손으로 답례를 하였다.

"어서 오십시오, 맹주님."

남궁가주 남궁호연(南宮浩然)이 대전 입구까지 마중을 나왔다.

날렵한 콧수염이 매력적인 이 중년의 사내는 더없이 공경한 태도로 구양수를 맞았다.

"오랜만입니다, 가주."

"네, 참으로 오랜만입니다, 맹주님. 거의 십여 년 만에 뵙는 듯합니다."

"그래, 그 정도 되었네요."

"자자, 이쪽으로 오르시지요."

구양수는 남궁호연의 공손한 인도를 받으며 천천히 상석으로 발길을 옮겼다.

도를 넘어 보이는 환대, 하지만 남궁호연과 구양수는 단순히 맹주와 가주의 사이를 넘는 깊고도 오랜 유대가 예전부터 있었기에 남궁호연의 대우가 과례로 비춰지진 않았다.

"어서 오시오, 구양 맹주."

상석에 오르자 우측으로 앉아 있던 선풍도골(仙風道骨)의 노인이 안면 가득 웃음을 지으며 구양수를 맞았다.

"남궁 형님, 참으로 오랜만에 뵙습니다. 그간 별고 없으셨지요?"

"덕분에 잘 지냈다오."

"허허, 이리 신색이 좋아 보이시니, 이 우제(愚弟)는 비로소 한시름 놓이는 것 같습니다."

"다 맹주의 염려 덕분 아니겠소. 허허허."

가슴을 드리운 멋들어진 수염이 노인 남궁태민(南宮泰玟)의 호탕한 웃음을 따라 아래위로 널을 뛰었다.

화기애애한 만남, 시공을 넘어 젊음을 함께했던 옛 친우의 만남은 그렇게 서로에 대한 웃음 속에서 밝게 꽃피고 있었다.

음악이 울리고, 구양수의 천세를 기리는 축수가 이어졌다. 오고 가는 덕담 속에 연회는 점점 흥을 더해갔다.

모두가 웃으며 즐기는 자리, 그러나 오직 한 명 있어 즐기지 못하고 있었으니 남궁설의 마음은 끝이 보이지 않는 험한 바다와 같았다.

주위의 풍경도, 주변의 말도 그 어느 것 하나 그녀에겐 들어오지 않았다.

보이는 것은 오직 한 사람, 정갈한 하얀 의복을 깔끔하게 차려입고 가늘고 긴 검을 한 손에 쥔 채 그림처럼 구양수의 곁을 지키는 인물.

이 년을 넘어두고 다시 보는 사람이건만, 남궁설의 마음속 그 사람은 그날과 다름없이 그렇게 서 있었다.

그윽하게 가라앉은 눈빛, 꾹 다문 입술.

‘운.’

혼자만의 정인(情人)은 애타는 마음을 아는지 모르는지 그 예전처럼 그렇게 홀로 빛나며 한 여인의 마음을 뒤흔들고 있었다.

붉어진 얼굴을 마시지도 않은 술기운으로 돌리며 더없는 연모의 정을 보내는 남궁설. 우연히 마주친 눈동자에 황급히 고개를 돌리는 스스로가 무척이나 부끄럽게 여겨지는 것이었다.

“저자더냐?”

낮은 목소리로 은근히 말을 건네는 사람. 남궁설은 오라비 남궁혁(南宮赫)의 물음에 어깨를 잔뜩 움츠린 채 보일 듯 말 듯 고개를 끄덕였다.

“흐음.”

남궁혁은 살짝 고개를 갸웃거렸다.

그의 명성은 익히 들어 알고 있었다.

자신만이 아니라 이 자리, 아니, 중원 전체가 그의 위명을 들었을 것이다.

떠오르는 무림의 신성 운룡검(雲龍劍) 장운.

이 년 전, 무림대회에서 우승을 하며 혜성처럼 등장한 이래 숱한 화제를 만들어내며 당금 천하의 이목을 집중시키고 있는 사람.

그 검의 고절함이 이미 필적할 적수를 찾아보기 힘든 경지
에 이르러 차대의 무림을 영도해 갈 동량으로 모두가 인정하
고 있는 이가 바로 그 장운이었다.

그러나 그것은 무림인으로서의 애기, 한 명의 사내로서 그
를 보았을 때엔 애기는 또 달라지는 것이었다.

남궁혁이 운에 대해 품고 있는 기대감은 상당한 것이었다.

들리는 풍문이 전해주는 뛰어난 인물됨도 물론 영향이 컸
다.

하지만 더 큰 것은 누가 봐도 아리따운 그의 여동생이 무려
이 년 이상을 목매며 바라보는 자가 그라는 사실. 바로 그것
이 남궁혁에겐 더 큰 기대를 갖게 하는 부분이 있었던 것이
다.

직접 본 적이 없기에 마음으로 그려봐 왔다.

매력이 철철 넘치는 사내를 그려보았다.

그러나 아니다.

아쉽게도 직접 본 그의 모습은 자신의 생각에 한참을 못 미
쳤다.

'왜?'

바로 찾아드는 의문. 잘생기지도 그렇다고 품위가 있어 보
이지도 않는 특별할 것 없는 인상.

물론 못생겼거나 평범한 얼굴은 아니었다.

보편적으로 본다면 오히려 잘생긴 축에 들 것이다.

하나 천하제일의 미라 칭송받는 이 예쁜 여동생의 마음을 훔쳐 갈 만큼의 매력은 없었다.

남궁혁은 여동생의 취향을 의심하기 시작했다.

"솔직히 잘 모르겠다. 왜 네가 그를 좋아하는지. 생각했던 것보다는……."

마무리를 짓지는 않았지만 뻔한 얘기. 실망스런 오라비의 말에 남궁설은 낮은 탄식을 내뱉었다.

그러다 이내 고개를 다시 돌리고는 촉촉한 눈빛으로 동생 운을 쳐다봤다.

'운.'

인정했다.

자신이 봐도 멋지고 잘생긴 얼굴은 아니다.

아무리 뜯어봐도 가슴을 설레게 할 매력은 보이지 않는다.

그런데… 심장은 왜 뛰는 것일까?

왜 이리도 가슴은 쿵쾅이는 것일까?

보지 못해 그리웠는데, 보고 있으니 아련하다.

말 한마디 못 나눠본 사이인데, 그는 자신의 존재조차 모를 텐데 왜 마음은 그 사람만 보라 하는 것일까?

남궁설은 더 이상 그를 볼 수 없었다.

　　　　　*　　　　*　　　　*

　"사실 의외였네."

　"무엇이 말씀이십니까?"

　"자네가 독검의 제자를 안을 줄이야, 난 상상도 못했다네."

　남궁태민이 구양수의 뒤를 지키는 운을 슬쩍 보고는 묘한 웃음으로 구양수에게 말을 걸었다.

　따라서 웃는 구양수.

　"질투…… 였지요. 그의 화려하고 아름다운 검에 대한 질투."

　"질투라……."

　"독검이 좀 그랬잖습니까? 못생겼고 추했고. 그러나 그의 검은……. 그래서 싫어했었지요. 젊어 혈기 왕성할 때라 더 그랬는지 모르지만."

　"자네, 변했군."

　"그런가요?"

　"그래, 변했어, 자네. 언제나 잘 벼린 명검 같던 자네였는데 그새 사람이 되었군."

　"원래 사람이었습니다만."

　"허허, 이것 보게? 자네 정말 사람이 되었군."

　남궁태민이 고개 젖혀 웃었다.

실로 기쁜 듯 큰 웃음. 주변의 시선에는 아랑곳하지 않고 남궁태민은 그렇게 한참을 웃었다.

"그만하세요, 형님. 전 아직 무림맹의 맹주입니다. 체통 유지는 하게 해주세요."

"그런가? 허허허허허."

놀랄 일이었다.

천하의 빙검(氷劍)이 가벼운 농지거리라. 죽은 독검이 들으면 무덤에서 당장 뛰쳐나올 일이었다.

한때 천하엔 절세삼검이라 불리는 자들이 있었다.

빙검 구양수, 제검(帝劍) 남궁태민, 선검(仙劍) 현청.

누가 낫다 못하다 말하기 어려웠던 당대의 절대고수들. 비슷한 연배에 막강한 뒷배까지 그들은 우월을 가리기 힘들었던 경쟁자요 친우였다.

밝고 화통한 성격의 남궁태민에 비해 구양수는 차고 매서운 사람이었다.

지금이야 천하제일검으로 사람들의 추앙을 받고 있지만 당시 구양수는 존경 이전에 경외의 대상이었다.

검에 미쳐 모든 것을 버리고 그 무궁한 경지를 추구했던 사람. 그에겐 잔정도, 타협도, 관용도 없었다.

빙검.

허튼소리란 죽어갈 자의 것, 살아 쉰 소리 할 여유는 자신
에게 없다며 가벼운 농에도 발끈하던 자, 그가 바로 구양수였
다.

그랬던 자인데,

"자네도 나이를 먹는 게지. 아니면……."

"이제야 벗어나는 게지요. 그 숨 막혔던 검은 그물에서."

"그랬군. 그런 게로군."

남궁태민이 가볍게 고개를 끄덕였다.

"이제 완전히 벗어난 건가?"

"아마도…… 그런 것 같습니다."

흑라독검. 세상은 잘 모른다. 그런 자가 있었는지.

그리고 그가 얼마나 큰 벽이었는지도 세상은 잘 모른다.

그는 늘 자신의 검이 완벽하지 않다 했다.

그리고 그것은 구양수도 인정하는 바가 있었다.

맞지 않는 옷처럼 독검과는 어울리지 않던 풍운의 검식. 그
래서 독검은 구양수에겐 굴레였다.

부족한 검으로 세상을 갈라가던 독검의 모습. 평생을 수련
해 경지를 이루었다 자부했으나 부족한 그의 검조차 따라잡
을 수 없었던 자신.

빙검.

그 말이 어떤 뜻인지 모르지 않았다.

하지만 지기 싫었다. 저 초라한 낭인의 검에 절대 지고 싶
지 않았다.

볼품없었으나 참으로 정이 많았던 사람.

그래서 더 미워했다.

그 정에 이끌려 자신의 갈 길을 놓칠까 봐.

그래서 두려웠다.

영원히 손닿지 못하는 곳으로 그가 떠나 버릴까 봐.

자신의 검을 알아봐 줄 유일한 사람.

―돌아가셨습니다.

연추가 전해준 그의 소식.

웃었다. 그의 제자 연추 앞에서 구양수는 웃었다. 목이 터
져라 웃었다.

그러나 웃음이 웃음이 아님을 구양수 그가 왜 모르리.

그는 떠났고, 남은 자신은 공허했다.

잔잔히 젖어드는 구양수의 눈, 그것을 본 남궁태민이 고개
를 틀어 운을 보았다.

있는 듯 없는 듯 가만히 자리를 지키고 있는 운을 남궁태민
이 흡족하게 바라본다.

"어느 정도야?"

고갯짓으로 운을 가리키며 남궁태민이 물었다.

"당년의 삼검을 넘었습니다."

놀라는 남궁태민. 제대로 놀란 듯 잠시 말이 없었다.

"제 턱밑까지 와 있구요."

벌어지는 입. 그것을 남궁태민은 인식하지 못했다.

"그나마 그도 얼마 남지 않은 것 같습니다. 풍운이 제대로 임자를 만났거든요."

이전과는 다른 시선으로 남궁태민이 운을 보았다.

그저 자질 좋은 인재 정도로만 생각했는데, 이건 차원이 다르다.

'구양수의 성격상 헛된 소리를 할 리는 없고, 아무리 봐도 그 정도인지는 모르겠는데.'

"나는 안 되겠는가?"

"어려우실 겁니다."

단호한 말, 담담한 한 마디이나 그 여파는 큰 것이었다.

절대삼검 중 제검을 뛰어넘는 청년이라니.

"소문이 사실이었던 게로군."

놀람이 가시지 않은 남궁태민에게 구양수가 술을 청했다. 빛깔과 향이 좋은 명주였으나 남궁태민은 맛을 몰랐다.

잔을 들어 마시면서도 남궁태민의 눈은 운에게 가 있었다.

'설마?'

믿기지 않는 성취였다.

＊　　　＊　　　＊

상석에 서서 앞을 보니 탁 트인 시야에 사람들이 보였다.

무림 명숙이라는 이름하에 저마다 일가를 이룬 대접을 받고 있는 사람들, 잘 차려입고 나와 앉아 자신들의 위치를 즐기고 있다.

맹주 호신수위(護身守衛).

공식적인 그의 직함은 맹주의 호위무사이다.

맹주가 가는 곳 어디든 따라다니고, 맹주와 함께 하루 대부분의 시간을 보내는 자리였다.

못 갈 곳이 없었고, 막을 자 또한 없었다.

자신을 위한 맹주의 배려. 말은 않으나 그가 자신을 얼마나 아끼는지 그는 잘 알았다.

그러나 검세는 예고가 없어 수시로 구양수의 검을 받아야 했다.

진검으로, 혹은 기검(氣劍)으로.

한눈팔 여유를 주지 않으며 구양수는 운을 다그쳤다.

아예 차원이 다른 고수의 예고 없는 공격은 몇 번이나 그의 목숨을 위협했고, 사람들은 모르나 자리에 누워 치료에 보냈던 시간만 해도 몇 달은 되었다.

운은 그의 의도를 알았다.

하여 그가 전해주려는 것을 숨이 차게 받아들이고 익혀나
갔다.

—넌 강해져야 한다. 나의 진정한 일검을 받을 수 있을 때
까지 강해지고 또 강해져야 한다. 풍운은 하늘의 검, 난 그것
을 넘는 데 평생을 바쳤다. 그러나 독검은 가고 이제 없으니
네가 대신 받으라.

처음 그가 했던 말, 현재를 살던 동생 운에게 미래를 원했
던 그의 말.

무림대회의 바쁜 일정 속에서 그는 운에게 일검을 보였다.
그리고 말로 잡기 힘든 그의 일검에 운은 넋을 놓았다.

—네가 넘어야 할 검이다. 빙(氷)이 독(毒)을 얼리려 했듯이
너는 독으로 빙을 녹여야 할 것이다. 할 수 있겠느냐?

형을 보낼 때 마음이 아팠다.

무림맹 비무장에서 자신을 보던 형의 눈길을 그는 알고 있
었다.

그러나 물밀듯 차오르는 가슴속 뜨거운 열정을 그는 거부
할 수 없었다.

―미안해, 형.

할 수 있는 건 한마디 미안함의 표시. 하지만 지난 이 년을
운은 후회하지 않았다.
노력했고, 이루었다.
그리고 이제 멀지 않았다.
그날, 자신의 검이 구양수의 빙검을 넘어설 때, 그는 형에
게 달려가리라 마음먹었다.
'머지않아.'
그리될 것이다.
"운아."
맹주의 부름. 운의 몸이 구양수를 향했다.
"이리 오라. 너에게 소개할 분이 계시니."
변함없는 무색의 음성. 그 소리를 따라 바라본 곳에 자신을
살피는 남궁태민의 눈이 있었다.
호감과 호승심이 섞인 묘한 표정의 눈빛. 운은 목례를 하며
그를 향했다.

*   *   *

남궁설은 화들짝 놀랐다.

맹주 옆을 서 있던 그가 할아버지 옆으로 자리를 옮기는 것이 보였기 때문이다.

자신에게 오는 것이 아니라 할아버지 옆으로 가는 것인데도 괜히 가슴이 두근거렸다.

왠지 더 가까워지는 느낌. 비록 서너 걸음 넘게 떨어져 있지만 남궁설은 운이 자신의 곁에 있는 것만 같아 기분이 묘했다.

공손히 인사를 하는 운의 모습에 남궁설은 그가 마치 자신에게 인사를 하는 것 같아 저도 모르게 고개를 숙이고 말았다.

붉어진 얼굴과 콩닥거리는 가슴, 누구도 모르는 은밀한 비밀에 홀로 부끄러운 그녀였다.

"만나서 반갑네. 나, 남궁태민이라 하네. 자네 사부와는 잘 아는 사이였지. 참으로 훌륭한 제자를 두셨구만."

"운이라 합니다."

공손한 인사, 지나침이 없어 딱 좋았다.

"앉게. 술이나 한잔 받고."

"아니, 저는."

“앉아. 그래도 돼. 이제부터 직함은 버리고.”

자신의 임무를 생각하는 운에게 구양수가 그 짐을 덜어주었다.

사실 딱히 호위를 할 일이라고는 없었다.

주위 눈을 의식해 내린 자리였고, 지금은 그럴 필요가 없다.

남궁태민은 꾸준히 운을 관찰했다.

처음은 독검의 제자라는 호기심에서, 그리고 다음은 나이를 무시하는 그 뛰어난 성취로. 그러나 마음은 다시 변했다.

한 명의 사내, 마음을 먹고 만든 자리가 아니었지만 불현듯 그를 잡고 싶다는 생각이 남궁태민의 머리에 불쑥 드는 것이었다.

아까운 자이고, 놓치면 안 될 자였다.

‘가문을 위해.’

여식 하나 내놓은들 무슨 상관이랴, 저만한 인재를 얻는 것인데.

마침 잘난 손녀딸도 하나 있고.

‘딱이군.’

처음으로 드는 생각이었다.

“가주.”

“네, 아버님.”

"설아가 올해 나이가 어찌 되던가요?"

"열여덟 되었습니다."

"혼처는 따로 정해놓은 자리가 없는 걸로 아는데."

"네, 아버님. 한데?"

말을 잇다가 가주 남궁호연이 뭔가를 깨닫고는 말문을 닫았다.

'주려 하시는가?'

운을 보고 있는 남궁태민의 모습. 그 눈빛 속에서 그의 질문의 의도를 알아차린 것이다.

남궁호연은 저도 모르게 당황하는 마음이 일었다.

물론 남궁의 역사에서 전혀 없었던 일은 아니다.

세가란 것이 홀로 독야청청해서 일궈갈 수만은 없는 것. 때로는 그 누군가의 보이지 않는 희생이 그 바탕에 깔려 있었음은 분명한 사실이다.

그것은 사내의 목숨일 수도 있었고, 여인의 마음일 수도 있었다.

그러나 예고 없던 남궁태민의 생각에 남궁호연은 쉬이 동의할 수 없었다.

남궁호연이 운을 보았다.

분명 좋은 청년임에는 틀림이 없다.

솔직히 좋은 정도가 아니라 당금 천하에 저만한 청년은 없을 것이다.

모자라지 않는 외모에 훌륭한 성취, 구양수의 제자 아닌 제자로 든든한 뒷배까지.

가족도 제자도 없이 평생을 홀로 살아온 구양수의 처지를 감안한다면 그가 곧 구양수의 후계자라 해도 지나침이 없었다.

'장래 누군가 무림을 이끌어갈 한 사람이 있다면.'

남궁호연은 고민 없이 저 청년일 것이라 생각했다.

하지만 혼례는 다르다.

그것은 진정 사람과 사람의 마음으로 정해야 할 일.

어른들의 욕심으로 한 사람의 인생이 좌우되어서는 안 될 일이었다.

가주 자리를 떠나 아비 된 자로서 편하지 않은 마음. 남궁호연이 고개를 돌려 남궁설을 바라보았다.

저도 모르게 드는 안쓰러운 마음. 그래서일까, 유독 흐려 보이는 남궁설의 얼굴이었다.

잔잔함이 묻어나는 부정(父情)으로 말없이 딸아이를 바라보는 남궁호연. 그는 거대 세가의 가주이기 이전에 한 사람의 아비였다.

다시 몇 순배 잔이 돌고 사람들의 웃음소리가 절정에 달할 무렵, 남궁호연은 문득 이상한 부분을 느끼게 되었다.

그리고 알게 된 미처 몰랐던 사실.

차분히 앉아 자리하고 있던 딸아이가 슬쩍슬쩍 고개 돌려 뭔가를 곁눈질 하는 것이 눈에 들어왔던 것이다.

그리고 그때마다 은근히 붉어지는 볼.

딸의 시선을 쫓아 고개를 돌려 보니 그곳엔 공손히 앉아 어른들을 대하고 있는 운이 있었다.

'그랬던가?'

운을 보고 있는 딸아이의 눈 속에 소복이 내려앉아 있는 것은 분명 따스한 연정이 묻어나는 연모의 정. 남궁설의 비밀스런 행동에 저도 모르게 웃음이 나는 남궁호연이었다.

"모두 주목해 주십시오."

남궁호연이 자리를 일어서며 좌중을 모았다.

미소 띤 얼굴로 술잔을 높이 들더니 밝은 음색으로 말을 이었다.

"아시다시피 오늘 남궁가에 귀한 손님들이 오셨습니다. 천하제일검이시자 무림맹의 맹주이신 구양수 대협, 그리고 중원의 떠오르는 신성 운룡검 장운 공자. 저는 오늘의 이 만남이 언제까지나 뜻깊은 자리로 이어지길 바라며 그들을 위해 잔을 올리고자 합니다."

남궁호연이 구양수와 운을 향해 잔을 들어 보였다.

"부디 좋은 시간되시길 바라며 오늘의 좋은 만남, 부디 꼭 잊지 말아주시길 바랍니다. 건배!"

"건배!"

우렁찬 건배 소리가 대전을 울렸고, 흐뭇한 마음이 잔을 넘어 건네졌다.

탁 털어 잔을 비우고 남궁호연은 기꺼운 마음으로 운을 바라보았다.

딸아이의 마음을 알았다.

무엇을 더 고민할 것이 있으랴.

싫다면 모를 일이로되 먼저 나서 정을 품고 있었으니 생각해 보면 이보다 더 좋을 것은 없었다.

늠름한 신색으로 자리를 지키는 운. 남궁호연은 반드시 그를 잡으리라 마음먹었다.

第七章

기억 하나.

관정당주 구양수는 특유의 사늘한 눈빛을 빛내며 검을 쥐어 잡았다.

내리는 눈에 질퍽거리는 땅, 정도는 백색이라는 근거 없는 통념에 추하게 얼룩진 무복.

흰색은 보여주기 위한 자리일 때나 빛을 발하는 것이지 실전을 나서는 무사가 입을 옷의 색은 아니었다.

무인은 상대에게 위압감을 줄 수 있어야 한다.

그런데 진창에 얼룩진 백색 무복은 비단옷을 입고 농사짓는 농부같이 관정당 무인들의 꼴을 우습게 만들고 있었다.

사도천(邪道天)의 간계가 성공한 것인지, 무림맹의 첩보에 문제가 있었던지 다가오는 적들의 수가 예상을 훨씬 뛰어넘었다.

어차피 결론은 고수의 대결에서 판가름 나겠지만 애꿎은 목숨 무시할 수는 없는 것, 더군다나 얼마나 많은 사파의 고수가 저 안에 들어 있을지도 모르는 일이다.

기세 높여 다가오는 적, 그러나 싸움을 처음 접하는 샌님 차림의 아군. 능히 상대를 맞아 그들을 베어버릴 능력이 있는 관정당 무인들이었지만, 그들의 우스운 행색이 올려도 시원찮을 기세를 상대에게 넘겨주고 있었다.

어림잡아도 열 배 이상 차이가 나 보이는 적과 아군의 수. 구양수는 이날의 싸움이 결코 쉬운 싸움은 아니겠다는 생각이 들었다.

검에는 자신이 있었다.

설사 사도천주라 해도 일검을 겨룰 자신이 있었다.

그러나 지금의 전장은 무인 대 무인의 대결을 원하지 않는다.

단순히 많이 베고, 많이 죽인 쪽이 이기는 싸움. 그것은 수의 문제이지 수준의 문제가 아니었다.

구양수는 검병을 틀어쥐고 상대를 노려보았다.

저들 중 그 누구라도 맞서 이길 자신이 있었다.

하지만 저들 모두와 관정당 모두를 합친 싸움은 장담할 수 없는 문제였다.

하나가 둘을 이기고 다시 다섯을 이기고 열을 이길지 모른다.

그러나 그 하나가 당연히 백을 당해낸다고는 할 수 없는 것. 이 싸움은 그런 것이었다.

저도 모르게 입이 마르고 긴장이 온몸을 엄습했다.

악의, 적의, 살의.

천지에 흩뿌리는 눈의 아름다운 풍경은 그 바로 아래 잔인한 혼돈과 광기에 그 본모습을 잃었다.

검은색 진창과 그 위를 덮는 붉은 피, 그리고 시체.

세상의 가장 불편한 진실이 그곳에 있었다.

"죽여!"

들리지도 않을 말을 외친다.

"죽어!"

듣지도 않을 말을 외쳤다.

죽이고, 죽고.

세상 현자들이 그렇게 입 모아 말하던 인간다운 사람의 모

습은 여기 살기 위해 죽여야 하는 본능의 장소에서는 모두가
헛소리고 개소리였다.

검을 얼마나 휘둘렀는지 모른다.

상대를 몇이나 죽였는지도 모른다.

보이기에 휘둘렀고, 휘둘렀기에 또 한 명의 적이 죽어갔다.

그러나 죽여도 죽여도 끝이 없는 적.

작정을 하고 나온 것인지 저 많은 사도천의 무사들엔 무시
못할 고수도 꽤 섞여 있었다.

태어나 처음으로 살기 위해 검을 휘둘렀다.

그러나 여전히 그들은 그대로였고, 검을 쥔 구양수의 손에
선 점점 힘이 빠져나가고 있었다.

"뭐야?"

누군가의 탄성이 들려왔다.

"세상에!"

어디선가 또 다른 누군가의 경악성이 들려왔다.

거의 죽어 몇 남지 않은 관정당 무인들을 새까맣게 둘러싸
며 다가오던 적들. 그런데 그 검고 두껍던 벽 사이에 처음으
로 틈이 보였다.

작고 못생긴 사내, 검은 흑의에 아무렇게나 날리는 머리를
한 사내가 적을 가르고 있었다.

함께 왔으나 남이었던 자들, 그저 인원수나 맞추라 하며 데

려왔던 자들.

낭인이라는 이름으로 세상을 살아가는 그 흔하디흔한 저급 인생의 사내들 중 하나가 적의 대오를 가르고 있는 것이었다.

짧은 팔에 작고 못생긴 추한 낭인, 천하를 가를 것이다 자부했던 자신도 능히 하지 못한 일을 낭인 하나가 해내고 있었다.

추한 외모에 어울리지 않는 화려한 검세.

날카로운 독니처럼 그의 검은 적을 물어뜯었고, 비명과 선혈 속에 하나둘 적이 무너져 내리고 있었다.

판이 엎어지고 전세가 바뀌었다.

"이름을 대라."

구양수의 쌀쌀맞은 말이 낭인 사내를 향했다.

마치 적이라도 대하는 양 싸늘한 시선이 사내를 향했다.

눈 내리는 차가운 전장에서 끝끝내 살아남은 자 고작 몇 명. 그 적은 생존자 중에 구양수가 있었고 그 흑의낭인이 있었다.

생김이 광대 같은 자, 무인보다는 저기 저잣거리의 연희(演戲) 패거리에 더 어울릴 것 같은 자.

그러나 평생을 처음 보는 아름답고도 화려한 검을 가진 자.

그 부조화를 바라보는 구양수의 눈에 감출 수 없는 일그러짐이 떠올랐다.

무너진 자부심과 새로운 검에 대한 동경, 그 모순된 마음은 상대를 바로 볼 수 없게 하는 불편함이 있었다.

갖고 싶은 검, 더불어 깨뜨려 보고 싶은 검.

스러지는 자존감과 솟아오르는 승부욕에 혼란스러운 구양수. 그러나 그를 대하는 낭인의 반응은 웃음이었다.

"백하(白霞), 백하라 합니다."

하얀 노을, 외모와는 도저히 연결 지을 수 없는 이름. 고개 숙여 예를 갖추는 저 못생긴 낭인에게 역시 어울리지 않는 이름.

갑자기 나타나 혼란만을 남기는 이름.

'백하.'

평생의 숙적이자 친우는 그날 그렇게 구양수에게로 다가왔다.

＊　　　＊　　　＊

기억 둘.

"어이, 얼음장."

부르는 소리에 구양수가 살기를 띠며 상대를 죽일 듯 쳐다봤다.

"내 분명 그리 부르지 말라 했을 텐데?"

"에이, 또 그런다. 거 어지간하면 눈에 힘 좀 빼지?"

"죽고 싶은 게냐?"

"고만 해라. 나이가 벌써 몇인데 어찌 그리 아직도 매사에 발끈하누?"

유들유들, 능글맞은 얼굴로 백하가 구양수에게 다가온다.

천하의 빙검을 얼음장이라 부르는 유일한 존재. 까만 얼굴에 작지만 다부진 사내가 짧은 팔을 구양수의 어깨에 둘렀다.

키가 작아 제대로 두르지도 못하면서 억지로 손을 올리는 모습이 웃음을 자아낸다.

"보고 싶어 먼 길 왔는데 좀 반갑게 맞아주고 그래라. 그러면 어디가 덧나기라도 하냐?"

생글생글 웃는 백하의 모습. 구양수가 머리를 절레절레 흔들며 그의 손을 뿌리쳤다.

"무슨 일이냐?"

싸늘한 목소리, 한겨울 시린 바람이 섞여 있는 차가운 숨결.

"무슨 일은, 뭐 꼭 일이 있어야 보나?"

그러나 백하는 담담하게 그것을 받아넘겼다.

구양수의 싸늘함이 그 위세를 발휘하지 못하는 유일한 존재 백하.

명실공히 무림맹의 실세이자 강호 절대삼검의 일인, 그런 그에게 저토록 살갑게 다가갈 수 있는 사람은 제검 남궁태민을 제외하면 없다 해도 무방할 것이다.

그나마 남궁태민은 구양수에 비해 나이라도 많았지만 백하는 그도 아니다.

구양수를 아는 사람이면 모두가 놀라는 상황. 인상을 쓰며 싫어했지만 백하는 구양수의 유일한 친구가 되어 있었다.

"온 김에 검이나 꺼내고 가라."

백하에게 구양수가 비무 요청을 했다.

하루를 보면 한 번을, 열흘을 보면 열 번을 구양수는 백하와 검을 맞대길 원했다.

번번이 지는 싸움인데도 구양수는 포기를 몰랐다.

"또? 애고, 웬만하면 포기하지?"

백하가 질린다는 듯이 구양수를 보았다.

"시끄럽다. 네놈의 자신도 아마 오늘이 끝일 터."

"그놈의 오늘은 언제까지 계속될 거냐? 나 참."

머리를 저으면서도 백하는 검을 꺼내 들고 있었다.

가늘고 긴 그만의 독특한 검. 가볍게 돌리자 휘영청 구부러지며 가진 바 탄성을 드러냈다.

"까짓것, 좋아. 붙어보자고."

씩 웃는 얼굴로 백하가 구양수의 검을 초대했다.

능글거리는 백하와는 다르게 진중함에 진중함이 더해져 한없는 무게를 발산하는 구양수.

"그럼."

가벼운 기수식에 이어 구양수의 검이 빛을 발했다.

"강(罡)? 뭐야, 이건 비무라고!"

겁먹은 듯 약한 표정을 하며 백하가 구양수에게 소리를 질렀다.

들리지 않는 듯 검을 시전하는 구양수. 불쌍한 표정으로 뒤로 몸을 빼던 백하가 어느 순간 검은빛 기류가 일렁이는 검으로 구양수의 빛나는 검을 상대해 나갔다.

"살살 좀 하자."

근엄한 구양수에 비해 쉬지 않고 입을 놀리며 검세를 이어가는 백하. 하지만 그의 검에 담긴 경력은 결코 구양수에 비해 모자라 보이지 않았다.

작은 폭음이 연달아 울리고, 바닥엔 조그만 웅덩이가 쉴 새 없이 파였다.

"야! 죽일 거야?"

백하의 엄살. 나이 마흔을 넘긴 사내라기에 백하는 말이 참 많은 사람이었다.

　　　　　*　　　*　　　*

　그리고 마지막 기억.

　천하제일검 무림맹주 구양수.

　검으로 제일이요, 지위로 제일이니 살아온 인생 결코 헛되었다 말하지 못할 것.

　평생을 살아 모두가 우러르는 최고의 자리에 서니 새삼 지난 세월이 새롭게 느껴졌다.

　젊어 천하를 누비던 구양수의 머리에도 어느새 언뜻언뜻 흰머리가 보였다.

　감당하지 못해 세상을 얼릴 듯 뿜어대던 강한 기세도 차분히 갈무리되어 은은한 기도로 풍겨 나왔고, 죽일 듯 매섭던 눈빛도 잔잔히 얼어붙은 겨울날의 호수를 보는 듯했다.

　"손을 뗀다고?"

　"응. 아마 이번이 마지막일 듯싶다. 사실 진작 물러났어야 하는데 연추 고놈이 좀 별나야지. 성정이 불같은 구석이 있는 놈이라 불안한 구석도 있었고. 그래도 나이 먹고 좀 나아지는 것 같기도 해서 이참에 접으려고."

　"그럼 뭐 하게?"

　"할 일이 없는 것은 아니야. 개인적으로 해야 할 일도 있고."

“개인적으로?”

백하는 묵묵히 고개를 끄덕였다.

“그래, 개인적으로 해야 할 일.”

평소처럼 떠벌이지 않고 짧게 말을 맺어버리는 백하. 구양수의 눈에 이채가 어렸다.

“허허, 내가 좀 늦었나?”

문이 열리며 맹주전 총관의 인도를 따라 풍채 좋은 초로의 사내가 물빛 비단 장삼을 휘날리며 안으로 들어섰다.

서글서글한 눈에 입가에 띤 작은 미소, 나이를 무색케 하는 호남형의 잘생긴 사내는 남궁태민이었다.

“좋네.”

실내를 휘 둘러보면서 남궁태민이 말을 이었다.

비록 남궁세가의 가주이나 맹주 집무실은 그도 처음 들르는 곳. 맹의 일은 세가의 장로 중 한 명이 담당하고 있었고, 또 굳이 먼 낙양까지 걸음할 이유도 또한 없었기에 그에게 맹주 집무실은 처음 접하는 낯선 공간이었다.

보름 전, 천하 무림인의 축하와 찬양 속에서 구양수는 무림맹 십오대 맹주로 등극하였다.

세가의 일이 있어 그 즉위식에는 참석하지 못했지만 그래도 명색이 의형제에 가까운 사이인데 먼 길 안 올 이유가 없었던 것이다.

오랜만에 함께한 세 명의 자리. 각자의 위치와 자리에는 바뀜이 많았지만 여전히 독검은 쾌활했고, 제검은 밝았으며, 빙검은 차분했다.

나이란 제삼자가 대상을 보는 기준.

스물이든 마흔이든 예순이든 그 속에 들어앉은 자아라는 놈은 수로 표현되는 나이와는 아무런 상관이 없는 것이었다.

스물에 뜨거웠던 제검은 여전히 여인의 이야기로 화제를 이끌었고, 서른에 차가웠던 빙검은 역시나 말을 아끼고 있었다.

다과와 술자리가 밤늦게까지 이어졌고, 동창이 밝아올 무렵 마침내 구양수가 속 얘기를 하나 꺼내 들었다.

"전부터 궁금한 것이 있었다. 정확히는 처음 널 보던 그때부터."

백하를 바라보는 구양수. 눈빛이 무언가를 바라고 있었다.

"뭐?"

여전히 웃는 낯으로 구양수를 보는 백하. 검고 주름진 얼굴이 시골 농부가 따로 없었다.

"검."

"검?"

"그래, 검. 묻자, 네 검의 정체는 무엇이더냐?"

구양수가 백하를 빤히 쳐다보았다.

맑은 눈빛, 그늘 한 점 없이 투명한 그의 눈빛엔 늘 담겨 있던 시린 한기가 아닌 많은 의혹이 자리를 하고 있었다.

자신을 바라보는 네 개의 눈. 백하가 어색한 웃음으로 농을 던지려다 가로로 고개 젓는 구양수를 보고는 가볍게 숨을 내쉬며 고개를 떨구었다.

"그건 나도 참 궁금했다. 독검아, 말해, 그냥. 네가 신비랑은 좀 안 어울리지 않냐?"

농 반 진담 반의 그 특유의 화법으로 남궁태민이 구양수를 거들었다.

"이전에도 이후에도 그런 검을 본 적이 없다. 홀로 창안했다기엔 앞뒤가 맞지 않는 부분이 있고, 누군가의 사사(師事)를 받았다면 짐작이라도 되는 구석이 있어야 할 텐데 너의 검엔 그런 것이 없다. 도대체 뭐냐, 네 검은?"

처음 만나 삼십여 년을 함께 알아왔다.

젊었던 청춘의 열정은 다 식어 이미 굳은돌이 되었고, 검어 윤기 나던 머리도 어느새 은빛으로 물들어 세월의 흐름을 보여주고 있다.

그러나 단 한 번도 물어보지 않았던 말, 불문율처럼 서로에 대한 금기로 속으로만 삼키던 말.

구양수가 그 금기의 영역을 넘보고 있었다.

"백하, 넌 누구냐?"

푸른빛 차가운 시선. 독검은 말이 없었다.

＊　　　＊　　　＊

흥겨웠던 잔치는 밝던 낮이 어두워지고 저녁달이 곱게 그 모습을 드러낼 때까지 계속 이어졌다.

술이 비워지고 음식이 비워지고 들었던 사람들의 자리까지 비워지니, 비로소 성대했던 남궁가의 연회가 마무리되었다.

소박하나 품격 있는 내실. 남궁태민은 자신의 거처로 구양수를 초대했다.

수심헌(修心軒).

대대로 집안 최고 어른이 묵어왔던 그곳을 당금엔 남궁태민이 묵고 있었다.

연못 딸린 정원을 곁에 두고 단출한 듯 기품 있는 수심헌은 남궁가의 역사가 시작된 자리이기도 했다.

굵은 황촉불이 방 안을 밝히는 실내엔 주인의 성향을 반영하듯 그 흔한 그림 한 점 벽에 걸려 있지 않았다.

있다면 한쪽 벽을 메우고 있는 검대(劍臺). 갖은 모양의 다양한 검들이 주인의 손길을 기다리며 빼어난 자태를 뽐내고 있었다.

검을 사랑하고 검을 아끼는 자, 남궁태민은 겉으로 보이는 모습과 달리 실로 뼛속까지 무인이었다.

밝았던 연회 자리에서의 모습, 그러나 수심헌 그 고요한 자리에서 서로 마주한 두 사람의 얼굴은 그리 좋아 보이지 않았다.

가볍게 얘기나 하려 함께한 자리였는데, 남궁태민의 의도와는 상관없이 무겁고 진중한 말이 구양수에게서 나온 탓이었다.

한참을 잊고 있었던 얘기. 솔직히 들었으나 믿지 않았던 얘기.

─청화가 피었습니다.

남궁태민이 침음을 흘렸다.

"처음엔 그저 단순한 충돌이라 보았습니다. 사실 전란 등으로 인해 평화 아닌 평화기가 꽤 이어졌잖습니까."

"그랬지."

"중소 방파의 일이나 십여 년 만에 벌어진 일. 사상자의 수가 많아 관정당에 명을 내렸지요. 혹시나 하는 마음에 백의단(白衣團)에 준비도 일렀고요."

남궁태민은 무림맹의 일엔 그다지 큰 관심이 없었다.

자신이 가주로 있을 때엔 주어진 지위 때문에 맹의 일에 자신의 관심을 두어야 했지만, 지금의 자신에게 무림맹은 한편으로 밀려난 대상. 그가 구양수를 반겨 맞는 것도 그가 빙검 구양수여서이지 무림맹주였기 때문이 아니었다.

하지만 지금 들리는 구양수의 말에 그는 신경을 쓸 수밖에 없었다.

"관정당주 팽립에 의하면 모두 다섯이었다 했습니다. 하나하나가 그에 필적하는 고수들. 그런 고수들의 갑작스런 등장도 놀라운 얘기인데, 그들 중 하나가 청화를 피웠답니다. 물론 팽 당주는 청화의 의미를 모르겠지만 말입니다."

그럴 것이다.

천하에 청화란 말을 아는 자 구양수와 남궁태민 자신뿐. 예전같이 일세를 풍미했던 선검 현청도 청화의 존재는 모른다.

"확실한 것인가?"

"그렇다고 봅니다. 팽 당주의 보고와 독검이 일러주었던 말이 거의 일치했습니다. 맞는다고 봐야 할 것입니다."

"흐음……."

남궁태민이 의자 깊숙이 몸을 누이며 신음과도 같은 소리를 내었다.

청화, 그리고 독검.

그 말 같지 않던 얘기가 현실이 되어 나타난 것이다. 남궁태민은 머리가 지끈거림을 느꼈다.

"그런데 이해가 가지 않는 것이 있군."

"무엇입니까?"

손으로 관자놀이를 주무르던 남궁태민이 문득 생각이 난 듯 구양수에게 의문을 표했다.

"관정당주 팽립이 그 정도의 고수였나? 분명 내 들은 청화는 꺼지지 않는 불, 함부로 대할 수 있는 것이 아니었을 텐데."

"다른 이가 있었습니다."

"누구? 그 불을 꺼뜨릴 만한 사람이 자네와 나 외에 몇이나 있다고?"

"독검의 제자 하나가 그 자리에 있었답니다."

"연추?"

구양수가 고개를 가로저었다.

"풍이라고 제자 하나가 더 있었답니다. 독검의 제자이자 운의 형."

"운룡검의 형?"

"네, 형님."

구양수가 눈빛을 반짝이며 남궁태민을 보았다.

"그런데 특이하게도 그는 도를 쓴다더군요."

말하는 구양수의 표정에 화기가 일었다.

*　　　　*　　　　*

　유수장의 문은 여전히 닫혀 있었다.

　내린 눈이 얼고, 그 눈이 다시 녹을 때까지 몇 번을 찾아왔
다.

　그러나 번번이 허탕이었다.

　아예 사람이 없는지 인기척이 느껴지지 않았다.

　'어디를 간 것인가?

　가느다란 탄식과 함께 풍은 씁쓸히 발길을 돌렸다.

　봄의 낙양은 생기로 가득했다.

　피어오르는 새순과 가벼워진 사람들의 옷차림, 거리는 사
람으로 북적였고, 지난겨울 추웠던 기억을 잊으려는 듯 만물
은 더욱 활기차게 생동했다.

　하지만 그러한 약동하는 봄의 기운도 고민 많은 한 청년의
어둔 그늘을 지워주지는 못하는 것이었다.

　허탈한 걸음으로 회로 다시 돌아오자 연추가 그를 찾았다.

　사시사철 늘 같은 검은색의 복색. 비록 뺨의 상처가 그를
더 매섭게 만들지만 찬찬히 뜯어보면 분명 잘생긴 구석이 있
는 연추였다.

　'다른 옷도 어울릴 텐데.'

보자마자 드는 생각이었다.

"여전히 닫혔더냐?"

연추가 풍의 행방을 알았던지 유수장의 일을 물었다.

"네, 사형."

"아마 그랬을 게다. 나 역시 알고 지낸 지는 오래나 만남이 잦았던 것은 아니니. 하지만 지금까지의 경우로 미뤄보건대 그리 오래 걸리진 않을 것이다. 그러니 너무 신경을 쓰진 말거라."

의기소침해 있는 풍을 보았음인지 연추가 풍을 다독였다.

분명 궁금한 것도 알고 싶은 것도 많을 것인데 연추는 풍에게 이유를 묻지 않았다.

짐작을 하는 것인지, 아니면 말해주기를 기다리는 것인지 정확히는 알 수 없지만 연추는 풍을 채근하지 않았다.

몇 번 털어놓고 말을 꺼내볼까 생각도 했다.

하지만 시작과 끝을 아직은 종잡을 수 없었기 때문에 조금 더 명확해지면 말하리라 마음먹었다.

허동이 차를 내왔고, 연추가 차를 권했다.

소주에서 돌아온 뒤 연추는 허동으로부터 그간의 일을 보고 받았다.

보고는 두 가지로 이루어졌다.

하나는 모든 주관을 배제한 사실만의 전달이었고, 그리고 또 하나는 일에 대한 허동의 주관적인 판단이었다.

사실을 전해 듣는 과정에서 연추는 몇 가지 놀라움과 의문을 동시에 가져야 했다.

정체 모를 노인들의 무공에 놀랐고, 그 노인들을 물리친 풍의 무위에 더욱 놀랐다. 그리고 그들의 정체에 대한 의문이 자연스레 그 뒤를 따랐다.

팽립의 언동과 행동에 대해서는 겉으로 보이는 특별한 반응은 없었다.

하지만 이미 사이가 틀어질 대로 틀어졌음은 분명한 사실이다.

공적인 일엔 공적으로만 접근하는 연추, 그러나 언젠가 팽립 등은 대가를 치르게 될 것이다.

팽립 등은 건드리지 말아야 할 부분을 건드렸다.

사부 연추에게 그 존재는 단순한 한 명의 스승을 뛰어넘는, 보다 근원적인 존재였기 때문이다.

흑운회주 연추, 그의 별호는 흑망귀(黑亡鬼).

그는 뒤끝이 강한 사람이었다.

그리고 그는 협객이 아니었다.

"찾으신 이유는 무엇입니까? 혹시 제가 해야 할 일이라도?"

찻잔을 내려놓으며 풍이 연추에게 자신을 찾은 이유를 물었다.

소주에 갔다 오고 몇 달, 풍은 특별히 하는 일 없이 시간을 보냈다.

중간 중간 연추를 보기는 했지만 그것은 사적인 것, 이렇게 집무실로 자신을 부를 때는 주로 해야 할 일이 있을 경우였다.

"잠시 후 손님이 오실 것이다. 너를 보러 오시는 분이니 준비하고 있으라고, 그래서 불렀다."

"저를요?"

"그래. 귀한 분이시니 행동에 유념하고."

'손님이라.'

자신을 찾아올 손님. 풍은 궁금증이 일었다.

낙양에서, 아니, 천하에서 자신을 찾을 자 몇이나 있을까. 더구나 연추의 말을 보면 상당히 중요한 사람인 듯한데. 그러나 아무리 생각해 봐도 자신을 찾을 사람은 없었다.

'누군가?'

궁금함이 일었다.

차를 마시고 모처럼 연추와 담소라도 나누고 있노라니 손님이 오셨다며 허동이 연추에게 기별을 했다.

"그래? 어서 모셔."

진지한 얼굴로 자리에서 일어나는 연추. 옷차림을 단정히 하더니 들어오는 손님을 맞으러 집무실 문을 향했다.

실로 처음 보는 조심스런 태도. 같이 자리에서 일어서며 풍은 궁금증이 더함을 느꼈다.

두근!

그 순간 갑자기 심장이 뛰었다.

그리고 마치 사방 벽이 자신을 옥죄며 다가오는 느낌, 처음 겪는 무지한 압박감에 풍의 놀란 눈이 부릅떠졌다.

거인이 있었다.

저 문 너머 그곳에 누군가 거대한 존재가 있었다.

의도하지 않아도 세상을 인지하는 풍의 기감, 그 섬세한 기감 속에 엄청난 존재가 포착되고 있었다.

그리고 그는 느낄 수 있었다.

상대 또한 자신을 파악했음을, 요동치며 휘감기는 이 막강한 기운은 분명 그의 인식의 반영일 것이라고.

숨 막힐 듯 답답한 거대한 압박. 풍이 굳고 진지한 얼굴로 집무실 문을 바라보았다.

전해지는 기세가 더욱 강해졌다.

압박을 넘어 더욱더 흉포하게 그 기세가 변해갈 무렵 집무실 문이 열리고 그가 들어섰다.

갈색 가죽신 위에 하얀 비단 장삼, 그리고 옥으로 쪽진 머리가 풍의 눈에 보였다.

뒷짐 진 여유로움 속에 상대를 굴복시키는 강한 힘을 가진 존재, 눈을 파낼 듯 날카로운 안광을 쏘고 있는 그는 무림맹 가장 높은 곳을 차지한 인물 구양수였다.

"놀랍군."

자리에 앉으며 구양수가 뱉은 첫말은 놀랍다는 말이었다.

"정말 놀라워. 대체 독검은 어디까지 나를 놀라게 할 건지."

빤히 보는 시선으로 풍을 대하는 구양수. 얼굴에 어린 것은 풍을 향한 진한 흥미, 그리고 관심이었다.

그리고 저도 모르게 일어나는 호승심. 천하제일검이라 하나 여전히 그는 빙검 그 이상도 그 이하도 아니었다.

처음 팽립의 보고를 들을 땐 호기심이었다.

청화를 꺼뜨린 젊은 독검의 제자.

자신이 몰랐던 또 다른 강한 존재가 독검 밑에 있었다는 것에 구양수는 진한 호기심이 일었던 것이었다.

그래서 몸소 왔다.

소주에서의 일을 듣겠다는 의도도 있었지만 무엇보다 그 제자에 대한 궁금함을 참을 수가 없었던 것이다.

그런데 객잔 근처에 다다르며 구양수는 생각을 고쳐먹게 되었다.

희미하지만 분명 다가와 자신을 건드리고 가는 미세한 기감. 그 간지러운 기의 주인을 무시할 수는 없었던 것이다.

객잔으로 다가갈수록 기감은 강해졌고, 상대에 대한 구양수의 반응에 강한 대응으로 반응해 왔다.

실로 십 수 년 만에 겪어보는 일. 그 신선한 자극이 무료한 듯 타성에 젖었던 자신을 일깨우는 것이었다.

자리에 앉은 구양수에게 풍이 공손히 선 채 인사를 했다.

"풍이라 합니다."

허리 숙여 절하는 풍. 구양수가 그런 풍에게 은밀히 기검을 날렸다.

의지가 서면 자연스레 기가 일고, 그 기가 다시 검이 되어 의지를 따르는 경지. 마음이 곧 검이니 구양수는 이미 심검을 이룬 상태였다.

마음이 행하는 바를 따라 검이 된 기가 풍을 노리며 쇄도했다.

그러나 서서 인사를 하던 풍은 그것을 아는지 모르는지 변함없이 그대로 선 채 인사를 하고 있을 뿐이다.

숙였던 허리를 펴고 가지런히 자세를 바로 하는 풍.

"허허허허허."

구양수의 호탕한 웃음이 끄덕이는 고개와 함께 집무실에 퍼졌다.

그는 보았다.

자신의 기검이 풍의 몸을 노리며 들어갈 때 미세한 진동이 그의 몸에서 일어나는 것을. 너무나 빨라 가만히 있는 것처럼 보였지만 예리한 구양수의 눈엔 그것이 보였던 것이다.

부동신보(不動身步).

그 놀라운 상승경의 절예가 너무도 자연스럽게 풍의 몸을 빌려 구현된 것이었다.

'의현경(義現境).'

뜻이 곧 현실이 되는 경지, 그 불가해의 경지 속에 그가 들어 있었다.

"따라오라."

웃음을 그친 구양수가 풍에게 한마디 이르고는 귀신처럼 자리에서 사라져 갔다.

허동의 놀란 눈이 그의 남은 흔적을 쫓고 있을 때, 풍 또한 비슷하게 몸을 흐리며 자리에서 사라졌다.

순식간에 사라진 두 사람. 허동은 눈만 멀뚱히 빈자리를 더듬었고, 그 놀라운 감정은 허동만 느끼고 있는 것은 아니었다.

　　　　*　　　　*　　　　*

무림맹 내원, 그중 가장 은밀한 곳에 자리 잡은 맹주의 개인 처소.

팔괘의 묘를 따라 주변을 두른 고루거각과 오직 맹주 한 명만을 위해 하루를 사는 수많은 호위들이 그 처소를 보호하고 있었다.

그 지하에 자리한 넓은 연무동.

맹주만이 이용할 수 있는 그곳에 두 명의 사내가 각자 무기를 든 채 대화를 나누고 있었다.

"보았느냐?"

막 시전이 끝난 듯 검집으로 검을 회수하며 노인이 젊은 청년에게 말을 걸었다.

"다행히 본 듯합니다."

"말해보라. 너의 눈에 보인 것이 무엇이었던지."

"일검. 단 일 식(一式)의 검."

"그리고?"

"일만 팔천의 변식."

"또?"

"그리고 다시 일검을 보았습니다."

청년, 풍을 보는 구양수의 눈빛이 예사롭지 않았다.

"막을 수 있겠느냐?"

풍이 고개를 저었다.

"막을 수는 없을 듯합니다."

"막을 수는 없다?"

조금은 실망한 듯한 구양수의 표정, 그리고 그것은 그의 목소리에 그대로 반영되어 있었다.

약간이나 기대를 가졌다.

만상(萬象), 그동안 누구에게도 선보이지 않았던 일 식의 검.

독검의 흑라를 찢기 위해 평생을 갈고닦은 그 검식은 구양수 자기 인생의 총아(寵兒)가 그 일검의 식에 담겨 있는 것이었다.

이미 죽어 지금은 없는 독검.

하지만 그와의 비무가 끝난 것은 아니었다.

그의 검을 떠올리고, 그의 형(形)을 다시 보고, 그의 세(勢)를 가정하며 구양수는 지금 이 순간에도 죽은 독검과 비무를 벌이고 있었다.

내심 그는 풍에게 기대를 했다.

홀로 하는 비무는 그저 상상의 산물. 누군가 능력자가 있어 예전 독검처럼 자신의 검을 받아주길 바라던 그는 좀 전 풍을 보며 어쩌면 하는 기대를 가졌던 것이다.

운이 있으나 아직 그는 멀었다.

보기는 할 것이나 막지는 못할 것이다. 그것은 누구보다도 자신이 잘 아는 사실이다.

'보았으나 막지는 못한다.'

너무 큰 기대를 그에게 품고 있었는지도 몰랐다. 혹시나 했지만 역시 아닌 것은 아닌 것.

"할 수 없지. 막지 못함이 너의 잘못만은 아니니."

구양수는 현실을 인정했다.

그러나 한편 생각해 보니 이 풍이라는 놈, 대단한 구석이 분명 있는 놈이었다.

일 식에 일만 팔천의 변, 그 미세한 흐름은 결코 눈으로 쫓아 보이는 것이 아니다.

일과 일만 팔천과 다시 일.

그런데 그 복잡하고 어려운 만상의 변을 이 청년은 모두가 잡아냈다.

"훌륭했다."

그것으로도 칭찬 받아 마땅한 일, 구양수는 진심으로 풍을 격려했다.

"다만……."

가자, 말하려 입을 벙긋하는데 풍이 말을 이어왔다.

"다만?"

묘한 여운이 남는 말. 구양수가 저도 모르게 신경을 곤두세웠다.

그것이 다가 아닌 모양이다.

풍을 보니 깊이 잠긴 음영이 눈 속에 가득했다.

분명 끝나지 않은 뒷말. 막연한 기대에 구양수의 눈에 다시 생기가 어렸다.

"가를 수는 있을 것 같습니다."

"가를 수는 있다?"

"선(線)을 보았습니다. 그 변의 날카로움을 헤치고 맹주께 도달할 수 있는 좁으나 분명히 존재하는 선. 저는 아마 가를 수 있을 것입니다."

"진심이냐?"

풍의 눈빛엔 거짓이 없었다.

"지금 할 수 있겠느냐?"

"아마 다치실 것입니다."

담담한 말, 그리고 진심이 어린 말. 그래서 참으로 광오한 말. 풍을 보는 구양수의 눈에 그 특유의 시린 예기가 감돌았다.

"오라. 내 직접 느껴보고자 함이니."

말이 끝남과 동시에 구양수의 몸에서 다시 강한 기세가 피어올랐다.

천하제일검 그가 풍의 도를 원했다.

풍이 가볍게 고개를 끄덕이더니 손을 들어 도병을 잡아갔다.

"갈라보라. 이것이 나의 만상이다."

하나의 검신이 보였다.

그러나 보이던 그 검신은 어느새 사라지고 천지사방을 가득 메운 눈부신 검광이 찬연하게 피어올랐다.

빛으로 가득 찬 지하 연무장, 그 어느 작은 구석에도 빛이 스며들지 않는 곳이 없었다.

보이는 곳 그 어디에도 자리한 빛의 검.

하얗게 세상을 빛으로 물들이며 그의 검은 섬광과도 같은 속도로 풍을 향해 내달렸다.

한줄기 빛이 검이 되었다. 그리고 다시 그 검이 새로운 검을 낳으니, 빛의 검은 수를 헤아리기 어려울 만큼 끝없는 분화를 계속 이어갔다.

온 공간이 검의 형상으로 가득 차고 더 이상 자리할 공간이 없다 여겨질 무렵, 사라지듯 일순간 모든 검이 형체를 감추더니 밝은 섬광 속에서 더 눈부신 일검이 솟아올랐다.

풍은 또렷하게 그 변화를 보고 있었다.

느려지는 시야 속에서 그에겐 그 모든 변화가 다 보였다.

일(一)이 일만 팔천으로, 그리고 다시 일(一)로.

그러나 그 일(一)은 일(一)이 아니었으니, 그 하나 속에 감추어진 일만 팔천의 보이지 않는 변화에 일은 다시 일만 팔천의 합이 되어갔다.

일에 담긴 일만 팔천의 검.

마침내 그 눈부신 하나의 검이 풍에게 도달했을 때, 풍은 그 오묘한 일만 팔천의 일검 사이로 한줄기 비어 있는 가는 틈을 볼 수 있었다.

폭발하듯 붉은 기운이 일었고, 한 가닥 붉은빛이 하얀 빛무리 사이를 파고들었다.

그리고 정적.

"실로…… 놀랍구나."

가슴에 길게 그인 상처를 안고 구양수가 풍을 쳐다보았다.

풍의 도가 만상을 가른 것이다.

"진정 틈이 보였던 것이냐?"

도를 회수하며 형이 고개를 숙였다.

"손속에 정을 두셔서 제가 무사한 것 같습니다. 감사합니다."

"아닌 소리. 내 끝에서 기세를 줄였다 하나 모든 것은 네 도가 훌륭했음이다. 그리 말하지 않아도 된다."

구양수가 고개를 젓고는 가슴의 상처를 살폈다.

베여 피가 흐르긴 했으나 깊지는 않은 상처. 다시 생각해도 놀라운 실력이다.

"진정 놀라운 도로다. 내 평생을 접해보지 못했던 것. 참으로 대단한 도였다."

"과찬이십니다."

풍이 천천히 구양수에게 다가가 예를 올렸다.

운, 그리고 풍.

독검은 갔으나 그의 흔적은 죽지 않았음이니, 여기 이렇게 생생히 살아 숨 쉬고 있다.

독검이나 운과는 또 다른 청년.

물처럼 잔잔한 기도 속에 폭풍을 품고 있는 스물 중반의 젊은 청년.

부러운 자, 진정 부러운 자.

"독검이 확실히 복이 많군."

어딘가 쓸쓸한 한마디를 남기고 구양수가 흐트러진 자세를 바로잡았다.

"따르거라. 너에게 해줄 얘기가 있으니."

걸음을 옮겨 연무장을 나서며 구양수는 많은 생각에 잠겨 있었다.

흑과 백만 존재했던 단호한 인생, 오직 하나의 목표를 위해 쉼 없이 달려왔다.

가로막는 것 부쉈고, 거슬리는 것 죽여 길을 텄다.

그래서 얻은 이름 천하제일검.

그러나 그 이름의 무게가 그리 크지 않음을 뒤늦은 이제야 알게 된다.

　'나이를 먹었음인가?'

　부쩍 약해지는 자신이었다.

第八章

흑의에 작은 키, 그리고 거친 말.

그 옛날, 잊을 만하면 찾아와 실없는 소리를 널어놓으며 속을 긁고 가던 독검.

그가 앉기를 좋아했던 자리에 이제 그의 제자가 앉아 있다.

키가 작지도 않고, 얼굴이 추하지도 않고, 장난기가 많아 보이지도 않지만 그 자리에 앉은 풍을 보니 그 옛날 독검이 자연스레 떠올랐다.

바보 같은 자, 세상 모든 짐을 혼자 지며 그리 힘들게 살아가더니, 그래도 이제 와 그가 남긴 발자취를 보니 후회는 남기지 않았을 삶처럼 보였다.

"도를 쓰더구나."

"네, 맹주님."

"그도 또한 독검의 가르침이더냐?"

풍은 잠시 대답을 못했다.

배운 것은 분명 검, 하지만 자신이 그것을 받아들이지 못해 도로 변용하여 쓰고 있다.

하지만 결국 도이나 그 근본은 할아버지의 검. 풍은 구양수의 물음에 긍정으로 수긍했다.

"아는지 모르겠다만 네 사부 독검과 나는 인연이 깊다. 하여 어찌 보면 누구보다도 그를 잘 아는 이가 나일 수도 있다는 생각이 든다."

수십 년을 함께했다.

피 튀기는 전장엔 언제나 그가 있었고, 또 구양수 자신이 있었다.

목숨을 맡겨 믿을 수 있는 사이, 서로의 역량을 인정하고 존중해 주는 사이, 그리고 유일한 친구.

"하나 돌이켜보면 내가 그에 대해 아는 것이 별로 없는 것 또한 사실."

—백하, 넌 누구냐?

마지막 만남에서야 물어볼 수 있었던 말.

"지금 생각해 보면 세상에서 가장 외로웠던 사내가 너의 사부였지 않을까 싶다."

구양수의 목소리가 점점 더 낮아지고, 시린 빛 가득하던 눈에 은은한 그리움이 흘러들었다.

"내가 더 다가가야 했을 것을."

연추에게도 털어놓지 않았던 속마음, 구양수가 나직이 탄식을 했다.

잠시 탄식을 하며 말이 없던 구양수가 곧 원래의 모습으로 돌아왔다.

마음은 마음, 그리고 일은 일.

익숙하지 않은 우울한 정서로 자신의 근본을 흐트러뜨릴 수는 없었다.

"청화라고 들어본 적이 있느냐?"

"알고 있습니다."

풍의 대답, 그 대답에 구양수의 눈이 다시 날카로움을 회복했다.

"어찌 아는 것이냐? 그것을 아는 자 세상에 몇 없거늘. 혹? 독검이?"

풍이 고개를 저으려다 마음을 바꿔 그냥 시인의 표시를

했다.

일을 복잡하게 만들 필요는 없는 것, 굳이 자신도 채 정리하지 못한 것을 가지고 상대를 더욱 혼란시킬 필요는 없었다.

"네가 소주에서 상대했던 자들이 누구인지도 아느냐?"

"대충 짐작은 갑니다."

"독검에게서 많은 이야기를 들은 모양이구나."

"그렇진 않습니다. 그냥 옛날이야기처럼 몇 마디 들었을 뿐입니다."

"그들의 무서움도 들었느냐?"

"솔직히 자세히는 모릅니다. 일러주시지요."

풍이 가만히 구양수의 말을 기다렸다.

사실이었다. 그것은 풍도 잘 모르는 얘기.

마탑은 자신이 해야 할 일과 그 일을 할 수 있는 능력을 주었을 뿐 자세한 전후 사정을 일러주지는 않았다.

궁금하긴 자신도 마찬가지. 유수장이 닫힌 지금 구양수의 말은 그의 궁금증을 해결할 하나의 통로가 될지도 모르는 것이었다.

＊　　　＊　　　＊

─넌 누구냐?

백하는 눈을 감았다.

검고 주름진 얼굴에 더 짙은 그늘이 드리워졌다.

울퉁불퉁 굳은살 박인 손으로 톡톡 탁자만 두드리고 있었다.

자신을 말하려면 먼저 부(府)를 말해야 한다.

부를 말하면 다시 천 년의 시간을 거슬러 가야 한다.

무엇보다 부는 과거의 존재. 현실이 되어 나타날지 아닐지도 모르는 상태에서 굳이 쓸데없는 경각심을 불러일으킬 필요는 없다.

말을 한들 무엇 할까?

있으나 없는 것과 마찬가지인 것인데.

백하가 다시 눈을 떠 앞을 보았다.

여전히 자신을 보고 있는 네 개의 눈. 피할 수 없는 그 눈빛에 백하가 다시 고개를 돌렸다.

언젠가는 말하려 했던 것, 미루고 미루었던 말인데 그 언젠가가 오늘인 것 같다.

그리고 얼마.

"좋아, 말하지."

백하는 쓴웃음을 지으며 결심한 듯 그들을 향해 입을 열었다.

"내 이름은 백하, 그것은 내 본명이 분명하오."

달라진 사람, 달라진 기도.

그는 이전에 볼 수 없었던 장중한 기도로 구양수와 남궁태민에게 자신의 이야기를 하기 시작했다.

"사문이 있소. 정확하게는 가문이지. 세상은 모르나 백 씨 성을 쓰는 자들이 중심이 된 그런 무문(武門)이 있소."

남궁태민이 있음인지 그의 말투는 평어가 아니었다.

"난 그 가문의 사람. 나의 검과 내가 가진 모든 것은 모두 내가 나온 가문의 것이었소."

독백하듯 흘러나오는 목소리. 구양수와 남궁태민은 숨소리를 죽여 가며 그의 애기에 귀를 기울였다.

백가(白家)의 유래는 그 시작을 짐작키 어려울 만큼 길고 오래되었다.

본디 천골(天骨)을 타고나 문과 무에 재능을 보이던 백가의 혈족들은 자신들의 능력을 십분 활용해 천하의 어두운 이면에서 세상을 조율하며 자신들 가문의 영달을 이끌어왔다.

왕조는 유한한 것. 드러난 힘은 결국 쓰러지게 되어 있다는 선조의 가르침에 따라 그들은 철저히 음지에서 자신들을 드러내지 않은 채 대를 이어 내려온 것이었다.

그런 백가에 균열이 일기 시작한 것은 저 옛날 춘추전국시대를 거치면서부터였다.

어느 집단이나 불만 세력은 있는 것. 드러나지 않는 삶을 살며 음지에서 세상을 어지럽히는 자신들 가문의 모습에 그들 일족 중 일부가 반기를 들고 일어선 것이다.

처음 설전으로 시작된 싸움이 마침내 생사를 가르는 전쟁으로 이어졌고, 세상은 모르는 그들만의 길고 긴 혈투가 이어지게 되었다.

팽팽한 세력에 우열을 가릴 수 없는 무력.

싸움은 상상 이상으로 길고 긴 형세를 맞게 되었고, 그 와중에 달이 바뀌고 해가 바뀌고, 그리고 시대가 바뀌어갔다.

어느 순간 왜인지 의미마저 흐려진 싸움. 오직 태어나면서부터 상대에 대한 적의를 배웠기에 후손들은 다시 싸우고 또 싸웠다.

"그러다 일이 이상하게 되었소. 흐려진 명목으로 싸우는 과정에서 서로의 입장이 바뀌어 버린 것이오."

밝고 바른 삶을 주장하며 세상에 나가길 바라던 자들의 의지만 남은 채 그 뜻이 변질되어 버린 것이다.

원래 추구했던 것은 평범한 일상의 삶.

그러나 이유가 사라지고 세상에 나간다는 목적만이 남게 되자 그들은 서서히 새로운 집단으로 본질이 변형되어 갔다.

　그리고 마침내 그들은 무림 강호를 도모하는 하나의 사악한 무력 집단이 되어버리고 만 것이다.

　마부(魔府).

　백하는 바로 그 마부 출신이었다.

　"믿을 수 없는 얘기야."

　남궁태민이 정색을 하고 백하를 보았다.

　"농이라면 여기서 그만두게. 아니, 그냥 농이라 하게. 그 편이 훨씬 좋을 듯해."

　남궁태민이 그렇게 말을 하고는 손에 들고 있던 전병을 놓고 물을 찾아 자리를 일어섰다.

　"사실인가?"

　백하는 말이 없다.

　"그들은 어느 정도인가? 우리가 막을 수 있는 정도인가?"

　구양수가 백하의 무위를 떠올리며 자신의 직위와 연관 지어 물었다.

　"그들이 세상에 나오긴 어려울 거야. 싸움은 마부 혼자서 하는 것이 아니니까."

　"지금도 싸우고 있다는 말인가?"

　백하가 고개를 끄덕였다.

　"그래, 지금도."

　세상에 나가려는 자와 그러지 못하게 막는 자.

그들의 천년의 투쟁은 아직도 진행 중이었다.

구양수가 백하의 말을 다시 한 번 곱씹다 또 하나의 물음을 던졌다.

"그런데 말이야, 자네는 어떻게 이 자리에 있을 수 있나? 자네 말처럼 자네가 마부 출신이라면 그동안 자네가 보여줬던 것처럼 그렇게 구애됨 없이 지내오긴 어려웠을 것이 아닌가?"

"그건……."

차마 스스로 대답하기 힘든 말.

"미안하네."

백하가 의자 깊이 몸을 눕히고 눈을 감았다.

미안하다는 한 마디. 백하는 그것으로 구양수의 물음을 대신하는 것이었다.

'사정이 있는 것인가?

궁금했지만 구양수는 더 이상 그를 채근할 수 없었다.

얼굴에 가득 어린 힘겨움.

어쩌면 그날 구양수는 처음으로 백하의 진면목을 대면하고 있는 것인지도 몰랐다.

물을 먹던 남궁태민이 호흡을 가다듬고 자리에 다시 앉자, 백하가 다물었던 입을 열며 새로운 이야기를 꺼내었다.

"청화가 필 것이오."

“청화?”

백하의 눈에 그늘이 졌다.

“마치 유부의 귀화(鬼火)처럼 온몸을 휘감는 푸른 불길.”

백하가 무언가를 떠올리는 듯 시선을 상대에 두고 있지 않았다.

“그럴 리 없을 것이나 만약 청화가 핀다면.”

백하가 구양수를 바라본다.

강하고도 진지한 눈빛.

“강호는 더없을 재앙을 맞을 것이야. 누구도 막지 못하는 재앙.”

인간 백하가 무림맹주 구양수에게 경고를 했다.

“새겨두게. 꼭 잊지 말고.”

풍은 숨어들 듯 몰래 따라간 무림맹을 나올 때는 정문을 통해 당당히 걸어 나왔다.

몰랐던 사실과 알고 있었던 사실 그 둘이 얽이면서 그동안 궁금했던 것들이 정리되기 시작했다.

완전하진 않으나 대강의 윤곽은 보이는 상황. 자신의 짐작이 맞는다면 결국 유수장의 백유란도 백가의 사람일 것이다.

그것도 마부가 아닌 마탑 쪽.

남은 것은 확인뿐.

‘언젠가는 돌아오겠지.’

풍은 조급히 서두르지 않았다.

＊　　　＊　　　＊

무림은 특별한 사건 없이 여전히 평화로웠다.

지난겨울 소주에서 비롯되었던 그 흉측한 일도 따스했던 봄을 지나 시원한 냉수가 그리워지는 더운 계절이 되자 사람들의 뇌리에서 점차 사라져 갔다.

어떤 식으로든 사도천의 새로운 반격이 있을 것이라던 일반적인 예상과 달리 무림맹도 사도천도 모두가 움직임 없이 조용했다.

그것이 평화일지 아니면 폭풍 전야의 고요일지는 더 지켜봐야 알 것.

닥치지 않은 미래의 일보다 몸으로 느껴지는 찌는 듯한 무더위가 사람들을 더 힘들게 하는 것은 분명한 사실이었다.

한낮 더위에 길거리를 오가는 사람들의 수가 줄고 모두가 그늘을 찾아 움직이던 때, 조양객잔 또한 예외는 아니어서 모두가 나른함을 넘어 지쳐 힘들어하고 있었다.

“사실이야?”

“그렇대. 지금 온 천하에 소문이 자자한걸.”

"아, 안 돼, 안 돼, 안 돼."

"지랄은."

"뭐?"

무더웠던 한낮의 더위, 그 강렬한 태양의 습격을 잊게 할 더 큰 사건이 객잔 점소이들을 충격에 빠뜨리고 있었다.

남궁설.

남궁가주 남궁호연의 금지옥엽이자 자타가 공인하는 천하제일미, 바로 그녀의 정혼 소식이 이곳 낙양까지 전해진 것이었다.

상대는 떠오르는 무림의 신성 장운.

선남과 선녀의 정혼 소식은 천하 수많은 미혼 남녀의 심금을 울려 버렸다.

남궁세가 긴 외벽에 누가 했는지 모를 낙서와 욕이 긴 줄을 지어 이어졌고, 무림맹 정문을 노려보는 숱한 청년들의 독기에 정문 수위무사들의 긴장이 높아졌다.

"들었어?"

어디서 소문이라도 듣고 왔는지 외출 갔다 돌아온 연추가 풍에게 그 소식을 전했다.

"네, 저도 얼마 전에야 알았습니다. 운을 본 지 좀 되어서."

가끔 오고 가는 길에 마주하는 동생. 생활에 여유가 생겼는지 근래 왕래가 잦은 편이었다. 분명 맹주 구양수의 보이지 않는 배려도 있었겠지만.

요 근래 바쁜지 며칠 뜸하다 싶었는데, 얼마 전 덩치 큰 사건 하나 물고 나타난 운이었다.

"운이 능력이 대단해. 남궁설이라니. 들리는 말로는 그쪽에서 더 애가 달아 움직였다던데."

소문은 과장이 섞이는 법. 둘 사이의 정혼에 대해서도 이런저런 말들이 많았다.

그런 소문 중 하나가 남궁설이 운을 쫓아 다녔다는 것.

마음속 연인을 빼앗긴 청년들의 원성이 운을 향하게 하는 소문이었고, 깊은 심처 규중 규수들의 원한이 남궁설을 향하게 하는 소문이었다.

"너는 뭐하냐? 여자 없어? 동생보다 늦게 장가갈 수는 없잖아."

놀림이지 위로인지 연추가 풍을 보며 말을 건넸다.

"뭐, 저야 아직 괜찮습니다. 제 위에 사형도 계시는데요, 뭐."

뼈 있는 한마디. 연추가 풍에게 인상을 썼다. 약 오르나 틀리지 않은 말. 괜히 웃고 있는 허동만 나무라는 연추였다.

"그나저나 어쩌지?"

"왜 그러십니까?"

"이 더운 날에 일이 생겼어."

“그야 일거리가 날씨를 가리진 않을 테니까요.”

“짜증나잖아. 빌어먹을 새끼들. 더울 때 집에서 잠이나 자지, 뭐 좋은 일 있다고 처 기어나와, 기어나오긴. 에이, 확. 뼈를 발라 버릴까 보다.”

애꿎은 상대에 화풀이를 하는 연추. 말은 저렇지만 일에 대한 욕심이 많은 그였으니 한동안의 무료함에 오히려 숨이 막혔을 것이다.

―나와 함께 무림맹에 자리를 잡는 것은 어떠냐?

떠나올 때 구양수가 손을 내밀었다.

―네가 있어야 할 곳은 흑운회가 아니라 이곳 무림맹이다. 모르겠느냐?

순간 동생의 얼굴이 떠오르며 풍은 저도 모르게 네, 라고 대답할 뻔했다.

그러나,

―저는…… 낭인입니다.

거부해야 했다.

마음이 따르나 더 깊은 곳 무언가 알지 못할 것이 그 마음을 거부하고 있었다.

처음이었다.

누군가의 제안을 거부한 것은. 그것도 그 귀하디귀한 기회를.

할아버지의 의도로 검을 배웠고, 연추의 의지로 낭인이 되었다. 비록 자신의 뜻이 전혀 없다 할 수는 없으나, 생각해 보면 주어지는 삶에 맞추어온 인생이었다.

―저는 낭인입니다.

그러나 그 대답을 하며 풍은 희열을 느꼈다.

누군가에게 당당히 자신을 나타낼 수 있다는 것, 휘둘리지 않고 자신의 의지로 걸음을 걷는다는 것.

그 소중한 자립의 의지를 그는 처음 가져보는 것이었다.

'내 삶은 나의 것.'

부정할 수 없는 그 불변의 진리를 풍은 이제야 비로소 느끼는 것이었다.

―미안해, 형.

동생의 말이 떠올랐다.

이해를 하기가 힘들었던 그 말. 하지만 이제는 그 말이 이해가 되었다.

어렸으나 자기보다 성숙했던 동생. 그때 그 순간만큼은 운이 자신의 형이었다.

무림맹, 흑운회, 중요한 것은 그것들이 아니다.

중요한 것은 자신, 그리고 의지.

그리고 그러한 풍의 의지는 할아버지를 따르고 있었다.

백하, 낯선 이름.

그러나 소중한 이름.

풍이 연추를 보며 씩 한번 웃었다.

저거 왜 저래 하는 표정으로 연추가 고리눈을 했다.

자신이 있을 곳, 그리고 자신이 머물 곳.

풍, 그는 낭인이었다.

『낭왕 귀도』 2권에 계속…

이제부터 전자책은

이젠북

www.ezenbook.co.kr

새로운 세계가 열린다!

목정균 『비뢰도』　좌백 『천마군림』　수담옥 『자객전서』
용대운 『천마부』　월인 『무정철협』　임준욱 『붉은 해일』
진산 『하분, 용의 나라』　설봉 『도검무안』
천중화 『그레이트 원』

이름만 들어도 황홀할 정도의 별들의 향연!

이들의 "유료연재"가 시작됩니다!

검색창에 **이젠북** 을 쳐보세요! ▼  

도□사순□

촌부 新무협 판타지 소설
FANTASTIC ORIENTAL HEROES

천새
협로

『우화등선』, 『화공도담』의 뒤를 잇는
작가 촌부의 또 하나의 도가 무협!

무림맹주(武林盟主), 아미파(峨嵋派) 장문인(掌門人),
군문제일검(軍門第一劍), 남궁세가(南宮勢家)의 안주인.

그들을 키워낸 어머니—
진무신모(眞武神母) 유월향(柳月香)!

어느 날, 그녀가 실종되는데……

"하, 할머니는 누구세요?"

무한삼진의 고아, 소량(少兩)에게 찾아온 기이한 인연.

세상과 함께 호흡을 나눌 수 있다면[天地同息]
천하의 이치를 모두 얻으리래[天下之理得]!

이제, 천하제일인과 그녀가 길러낸
마지막 자손의 이야기가 펼쳐진다!

Book Publishing CHUNGEORAM

유행이 아닌 자유추구
WWW. chungeoram.com

장강삼협
長江三峽

조돈형 新무협 판타지 소설

『궁귀검신』,『마도십병』,『운룡쟁천』의
작가 **조돈형**
그가 장강의 사나이들과 함께 돌아왔다!

굽이쳐 흐르는 거대한 장강의 흐름 속에서
선혈처럼 피어나 유성처럼 지는 사내들의 향취!

장강삼협(長江三峽)!

하늘 아래 누구보다 올곧았던 아버지의 시신을 이끌고
고향으로 돌아온 유대웅을 기다리고 있던 것은
천오백 년의 시공을 뛰어넘은 패왕(霸王)의 무(武)와 검(劍)!

패왕칠검(霸王七劍)과 팔뢰진천(八雷振天)의 무위 아래
천하제일검(天下第一劍)으로 우뚝 설 한 소년의 일대기!

장강의 수류는 대륙을 가로질러
이윽고 역사가 된다!

Book Publishing CHUNGEORAM

유행이 아닌 자유추구 -
WWW. chungeoram.com

김현석 현대 판타지 소설

전능의 팔찌

THE OMNIPOTENT BRACELET

「신화창조」의 작가 김현석이 그려내는
새로운 판타지 세상이 현대에 도래한다!

삼류대학 수학과 출신, 김현수
낙하산을 타고 국내 굴지의 대기업 천지건설(주)에 입사하다!

상사의 등쌀에 못 견뎌 떠난 산행에서, 대마법사 멀린과의 인연이 이어지고……

어떻게 잡은 직장인데 그만둘 수 있으랴!

전능의 팔찌가 현수를 승승장구의 길로 이끈다!

통쾌함과 즐거움을 버무린 색다른 재미!
지.구.유.일.의 마법사 김현수의 성공신화 창조기!

Book Publishing CHUNGEORAM

유행이 아닌 자유추구 ─
WWW.chungeoram.com

신풍기협 神劍風雷俠

FANTASTIC ORIENTAL HEROES

윤신현 新무협 판타지 소설

「수라검제」, 「태양전기」의 작가 윤신현
우직한 남자의 향기와 함께 돌아오다!

사부와 함께 떠났던 고향.
기다리는 친구들 곁으로 돌아온 강진혁은
사부의 유언을 지키기 위해 강호로 나선다.
반드시 돌아오겠다는 약속을 남기고.

"믿어라. 난 결코 허언을 하지 않는다."

무인으로 살 것인가, 무림인으로 살 것인가.
고민을 안고 나아가는 강진혁의 강호 행!

신의 바람이 불어와 무림에 닿을 때,
천하는 또 하나의 전설을 보게 되리라!

Book Publishing CHUNGEORAM

유행이 아닌 자유추구
WWW. chungeoram.com

기사도
chivalry

요람 판타지 장편 소설
FANTASY FRONTIER SPIRIT

2012년, 『제국의 군인』의 요람,
그의 새로운 이야기가 시작된다!

같은 세계, 또 다른 이야기!

몰락해 가는 체르니 왕국으로 바람이 분다.
전쟁과 약탈에 살아남은 네 남매는 스승을 만나고
인연은 그들을 끌어올려 초인의 길에 세운다,
그렇게 그들은 기사가 되었고
운명을 따라 흥성을 가진 루는 자신의 기사도를 세운다!

명왕기사(明王騎士) 루.

그가 세우는 기사도의 길에 악이란 없다!

Book Publishing CHUNGEORAM

유행이 아닌 자유추구 —
WWW.chungeoram.com

FUSION FANTASTIC STORY

넘버
원 Number
One

넘버
원 Number
One
천륜 장편 소설

'슈퍼스타K', '위대한 탄생' 은 가라.
진정한 신의 목소리를 가진 자가 나타났다!

동방 나이트클럽의 웨이터 유동현!
현실은 비천하나 꿈만은 원대하다!

"동방 나이트 웨이터 막둥이를 찾아주세요!'

그에게 찾아온 마법사 유그아닌과의 인연이
잠자고 있던 재능을 일깨우고,
포기하고 있던 가수로서의 길을 연다.

시작은 기연이나 이루는 것은 노력일지니.
그대여, 이 위대한 가수의 탄생을 지켜보라!

Book Publishing CHUNGEORAM

유행이 아닌 자유추구 -
WWW.chungeoram.com

FUSION FANTASTIC STORY

백수, 재벌 되다

텀블러 장편 소설

현대물이라고 다 같은 현대물이 아니다!
전 세계적으로 활약하는 사내가 온다!

"초 거대기업 DY그룹의 회장이 내 아버지라고?!"

백수에서 초 거대기업의 후계자로,
답 없는 절망에서 희망으로!

"이제 아무것도 참지 않는다!"

세계를 뒤흔드는 한 남자의 신화를 보라!

Book Publishing CHUNGEORAM

유행이 아닌 자유추구
WWW.chungeoram.com